内紛
巨大病院の一族

由井りょう子

世界書院

目次

垣内家家系図

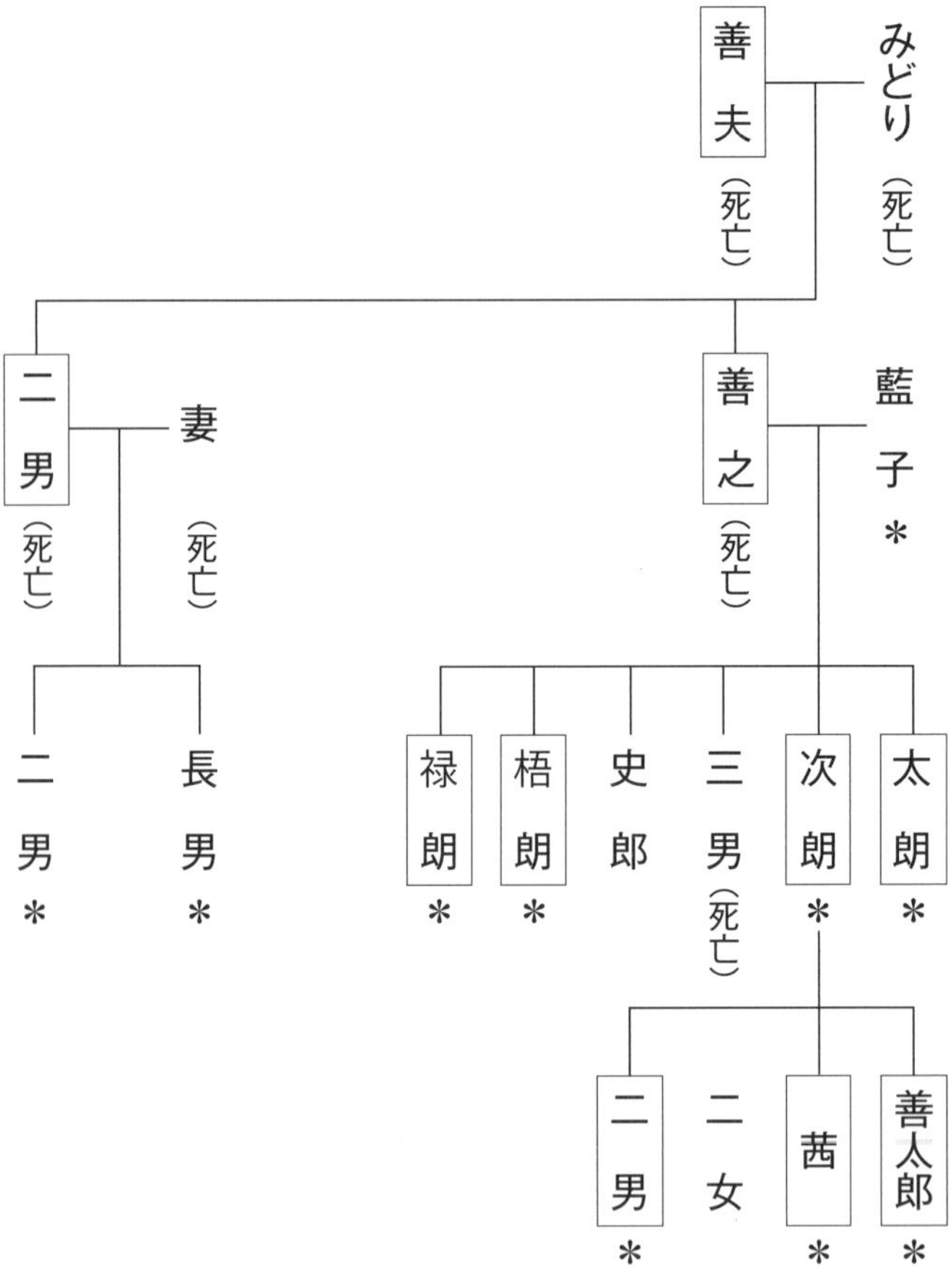

＊ 垣内総合病院総会社員
□ 医師

序章　真夜中の電話

「もしもし、緑朗叔父さま」

久しぶり、だとも、こんな夜中にどうした、とも合いの手を入れさせず、電話の向こうの声は一方的にしゃべり出した。垣内総合病院の理事であり医師でもある垣内緑朗は、当直中に受けた姪の茜からの突然の電話に戸惑った。

「今度の六月一五日に社員総会があるのね。そこでお父さまが、梧朗叔父さまを院長から外すんですって。聞いてらっしゃる？　つまり、あなたのお兄さまの梧朗院長を追い出すのよ。聞き捨てならない事件でしょ。あたしはわざわざそのためにそっちまで帰るのはいやだから、総会には出ないっていったのに、お父さまはね、あたしの一票も一票だから絶対に出席しなきゃだめっていうの」

梧朗を院長から外す……。それはいったいどういうことなんだ、と考えて、「あ」とも「うん」とも「で？」ともいえなくなってしまった緑朗に、電話の向こうの声はいった。

「叔父さま。……おい、おじき、ちゃんと聞いているんかい」

おじきという声の大きさに我に返って緑朗は、受話器を握り直した。

「もしもし、どういうことなのか、ちゃんと説明してくれないか」

「おじき、ショック受けた？」

茜の声には、人を愚弄するような笑いもひそんでいた。

「もちろん、びっくりだよ。だから、わかるようにきちんとわけを話してくれ」

しかし、それきり呼びかけには答えなかった。酔って眠り込んでしまったらしい。緑朗は五人兄弟の六男だが、その二番目の兄次朗の長女、茜の電話はいつもこうだ。医療に関する相談であれ、両親や恋人へのぐちであれ、夜遅く酔っぱらってかけてきては、話の途中でも酒をすする音が入り、そしてそのまま寝てしまう。何の用で電話をしてきたのか、一向にわからない。いつもはそれでいいのだが、来る社員総会で梧朗を院長から外すとは、いったいどういうことなのだ。


翌朝、折り返し電話をしても、茜は出なかった。話を聞いた祖母の藍子がかけても、緑朗の一歳違いの兄であり、当事者である五男、垣内総合病院院長の梧朗がかけても同じだった。

ふたたび茜から緑朗へ電話があったのは、最初の電話から二日後の夜だった。緑朗の実家である母、藍子の住まいに直接かけてきて、緑朗に代わるように藍子をせかした。

「叔父さま、この前、茜の教えてさしあげたこと、おわかりになった？　あ、ごめんあそばせ、お夕食の邪魔をしているわね」

酔っているふうはなかった。週末は禄朗夫婦が藍子と夕食をともにすることも、ちゃんと心得ていて、こうして電話をしてきたのだから。

禄朗の返答を待つこともなく、茜は一方的にしゃべり出した。

「要するに、お父さまがね、梧朗叔父さまを院長から外して、善太郎さんを院長にして、新しいスタートを切ろうってこと。理事長はもちろん、いままで通りお父さまよ」

善太郎は理事長である次朗の長男で、茜の兄だ。

「いったいどうしたら、どこからそんな考えが出てくるんだよ」

「どうしたらって、叔父さまたちが兄弟げんかばっかりしているからよ」

「兄弟げんかなんか誰もしていないよ。そりゃ、病院の運営のためには議論はする。それを兄弟げんかだなんていってほしくないね」

「でも、外から見たら単なる兄弟げんかだよ。叔父さまたちは揃って、善太郎兄さんのことをいじめて叱ってばかりいるし、パパのことも批判ばかりしているじゃない」

「善太郎はまだ二〇歳台、成長途上だから、ぼくも梧朗も、彼を一人前の医者にしようとして、注意できることはしているだけだよ。同じ垣内の人間だから、その点では、ほかの医師やスタッフよりはいっそう厳しくしてきたことは認めるよ」

緑朗は一気にしゃべって、小さく息を継いだ。

「きみのお父さんのことは、好きにさせているじゃないか。ぼくらにしてみたら、莫大な借金をこしらえて、自分では何の責任もとらなかった困った兄貴だけど、なんとか力を合わせて返済のめどもつけたし、静かに理事長に収まってくれて、よけいなことをしてくれなきゃいいと、いまのところは静観してますよ」

「まあね。そうそう、おじき、ごぞんじ? お父さまはうちではクズっていわれているのよ。かわいそうよね。でも、女帝のお母さまがそういうんだもの。茜にもうつっちゃった」

酔っているとしか思えないような、とんでもないことまでいいだした。

「あ、でも、これは内緒ね、絶対に。忘れて、今ここで」

といい、続けた。

「叔父さまたちは、どうして善太郎さんが院長になることを否定するの」

「どう考えても、まだその器じゃないだろう。妹の目から見てもそう思わないか」

「思う」

同意を求めた禄朗が引くほど、茜はすんなり、はっきりいった。

「たしかに善太郎兄さんは未熟者だよ。妹のあたしから見ても、ほんと、たよりにならない。単なる風邪でも善太郎お兄ちゃまに診てもらう患者さんはお気の毒。あたしだって、あの人だけには診てもらいたくないよ。だからこそ、育ててやってほしいのよ。パパがクズなら、善太郎はパンクズよね。床に落ちていてもわかんない、クズ」

ふだんから茜は酔うと、兄なのに頼りない医師の善太郎をあからさまに蔑んだが、今日は格別に手厳しかった。そしてまたいつものように、電話から聞こえてくるのは、テレビの中の笑い声だけになったから、茜は酔いにまかせて眠ったらしかった。

茜の話から、垣内兄弟の次兄・次朗が梧朗の院長解任を画策しているのは確かだということがわかった。しかし、社員総会でそれが可決されるわけがない。否決されるに決まっていると決めつけた。緑朗はこんな人事異動が実現するとは夢にも思わなかった。

梧朗を追放して、甥の善太郎に院長を交替させるなど、あまりに現実離れしている。病院を壊そうというなら、話は別だが。緑朗は、アルコール依存症だと疑われる茜の妄想だと思った。

――社員総会の構成――

同族経営である垣内総合病院の社員総会とは、株を持っている家族だけの総会だ。会社であれば、出資者である株主がいて、経営者がいて、従業員、つまり社員がいて、経営者も社員も一丸となって働く株式会社を、誰もが考える。ところが、医療法人では、株式会社の株主に当たる出資者を社員という。より厳密にいえば、出資持分ありの社員だ。ただし、出資持分なしの社員も認められており、いずれにしても、この社員総会が一般の会社でいう最高意思決定機関である株主総会にあたる。

また、株式会社であれば、原則として持っている株式数に応じて議決権が与えられるが、医療法人は社員一人に対して一票と定められており、出資額によって左右されることはない。また、利益が出ても、医療法人の「残余財産の帰属について」は、「国、地方公共団体、医療法人その他の医療を提供する者であって、厚生労働省令で定める者」と明記されている。私物化は断じて許されない。

垣内総合病院の株主、つまり社員はたったの一一名。その内訳は長男・太朗、二男・次朗、五男・梧朗、六男・禄朗という医師である四人の兄弟とその母・藍子、次朗の息子二人と娘一人、つまり直系の八人である。加えて太朗たち兄弟の従兄弟となる、垣内家十一代目の藍子の亡夫・善之の弟の子が二人、全員が垣内の姓を持つ血縁者だ。それに唯一、血縁のない人物として、次朗が懇意にしている岡本雄一郎弁護士で構成されていた。

病院発足時の社員は、藍子と夫の善之のふたりだけ。それぞれが五株ずつ持っていた。その後、善之の弟も持つなどして、いくらかの増減はあったり、善之や弟の死によって、その子たちへ相続されてきたが、いずれにしても数も額も実にささやかなものだ。営利を目的として設立することができない、とはっきり法で決められており、利益（剰余金）が出ても配当ができない医療法人だから、社員であることのメリットを、藍子も梧朗も禄朗もこれまではあまり深く考えてこなかったのも当然だ。

次朗のほか三人の兄弟にもそれぞれ子どもはいて、成人して医療職に就き、自立している者が多いが、彼ら彼女たちは社員にはならず、次朗の子どもだけが社員というのも考えてみれば、おかしなことだが、それについても弟や藍子は、とくに気にも留めないできたのだ。

そもそも社員総会も名ばかりで、これまでほとんど機能したこともなかったし、その必要に迫られたこともなかったので、社員という身分を主張する必要もなかった。

また、株式会社では業務を執行する際、出資者（株主）と経営を執り行う取締役とが区別され、所有と経営の分離がなされるが、そのあたりも考慮外できた。

本来の会社であれば、重要な運営計画や管理方針は、取締役や株主全員の同意が必要なはずで、医療法人でも、その組織がまともなところなら、社員総会で討議がなされるだろう。

しかし、実際のところ、ここ垣内総合病院では、伝統的に理事長の独断ですべてが決まり、ほかの社員の意向が反映されることもなかった。病院の運営に関しては、ほぼ同じメンバーに加えて病院の幹部職員で構成される理事会のほうがそれらしい役割を担っていた。

それでも病院は成長してきていたから、大きな問題もなかった。一一代目の善之亡き後、ひたすら拡大をはかるばかりで、とくに二〇年ほど前に、長男の太朗に代わって、二男の次朗が理事長におさまってから、すべてがあいまいなだけでなく、不透明なものになり、次朗のその場その場での思いつきと独断ですべてが決定されるようになった。そのために、経営の実際や経理内容も、次朗本人以外はほとんど知らないできた。

そんな不透明な社員総会でも、万が一、多数決になったとしても、否決されるはずだと禄朗は重く受け止めなかった。

なぜなら、病院を実質的に動かしているのは院長の五男の梧朗であり、それを支えているのは六男の禄朗であり、それは病院関係者の誰もが認めることであったから。院長の梧朗を解任したら、病院の運営は危機的状況にさらされるのは目に見えている。

緑朗の一つ上の兄である、垣内総合病院の垣内梧朗院長は、病院内で絶大な信任を得ているばかりか、医療界からも、行政からも信頼も篤い。弟から見ても決してひいき目ではなく、有言実行の人だ。公私ともに追放されるような不祥事もない。

それに対して、交代が予定される善太郎は、茜の言葉を待つまでもなく、臨床経験一五年にも満たない、未熟な医師だ。

四千人近い職員を擁し、年間五百億円を売り上げる巨大病院、垣内総合病院を統率する人物としては、あまりに心もとない。このクラスの病院院長としては、当然のごとく要求される「認定医」、「専門医」の認定ももたない。いまは叔父の梧朗の下で副院長を名乗っているが、副院長らしい実績さえもなにひとつない。

かつて医師は、内科、外科、整形外科、小児科、耳鼻咽喉科、眼科など、診療領域も専門もシンプルな分類でしかなかったが、近年、診療科目は細分化され、より高度な専門性が求められるようになった。所定の学会が定める審査に合格し、関連する臨床の知識と経験が基準に達していると認定された医師は「認定医」。また、所定の学会が行う筆記試験・口頭試問・実技審査に合格し、関連する臨床・研究について知識や技量が十分であると認められた医師を「専門医」として、患者から信頼される診療技能のレベルアップを図っている。実際、多くの医師が、医師として自立後も研鑽を積んでいるのだ。しかし、善太郎には認定医を目指して努力するような気配はない。

そんな善太郎へ、梧朗から院長交代とはあまりにばかげている。

そもそも院長人事は、人事部長が起案し、理事会で選任することが決まっている。理事長の独断で決められるわけがない。したがって、これまでの院長就任や解任を社員総会で議決したこともなかった。

さらに、たとえ社員総会で決定されても、もう一つの病院運営の意思決定機関である理事会の承認を得られるとは思えない。

ところが、茜がいった。

「太朗伯父さまは、うちのパパに取り込まれたわよ。だから、叔父さまたちに勝ち目はないんだって」

そんなばかな、と禄朗は思わずもらした。

長男の太朗は、一〇年ほど前に亡き父の跡を継いで就任した理事長職を、解任された。次朗が中心になった画策によって垣内病院の経営からは完全に手を引かされた。

太朗は理想を語ることもなければ、野心もなく、新しい事業に手を出すこともなかったから、安全といえなくもなかったが、自分の稼ぎの何十倍もの交際費を持ち出すばかりか、海外でのスキー、ヨット、ギャンブル、国内にいてもゴルフ三昧で、頂点に立つものとしての器ではなかった。

彼もまた外科医というだけで、専門医の認定も受けていなかったし、外来にせよ臨床にせよ診療することはなく、まして手術に携わることもなかったので、肩書だけの医師で、存在を無視されていた。

職員の噂によると、もともと太朗は手先が図抜けて器用で、手術の名手として研修医時代から嘱望されていた。そのまま堅実に臨床、手術をこなしていたら、五〇代半ばにはゴッドハンドと呼ばれる、国内有数の医師になっていただろう、といわれていたそうだ。しかし、地道な努力ができないし、集中力が続かずに、現場を離れた。医師としての誇りや名誉よりも、その場の遊びにとらわれ、本人がそれでよしとしていたのが、母の藍子にも弟たちにもなんとも歯がゆかった。それゆえに社員総会でたいした議論もなくあっさりと解任された。

その流れは、議事録もなければ、細かないきさつについては、みなの記憶も薄れている。弟と母から責められて、なにひとつ反論できないでふてくされて、手にしたボールペンのノックをカチカチさせていた姿しか緑朗の記憶にはない。

太朗には、名誉理事長という新たな肩書が与えられたが、文字通り、〝名誉〟だけであって、まったく蚊帳の外に置かれた存在だった。

このときの理事長解任によって、院内の権力と財力を失った太朗が、自分の解任劇の中心となった次朗のことを、誰よりも快く思っていないことは傍目にもはっきりしていた。実際は、梧朗と緑朗、それに母の藍子のほうが太朗解任に積極的だったのだが、年齢が近く、そして自分を追い落とし、代わって理事長職を継いだ次朗のことをより憎んでいた。口もきかなくなって、ふたりの反目は強まっていた。

母親である藍子の誕生日や父の善之の命日など、どちらかが参加するといえば、どちらかは理由をつけて欠席し、顔を合わせようとはしなかった。

その太朗を、次朗がいつの間にか味方につけていたとは、梧朗も緑朗もうかつといえばうかつだった。

「いいかい、茜、よく聞いてくれ。梧朗の院長職を解任するということは、垣内を潰すということだよ、わかる？　茜もドクターだからわかっていると思うが、このコロナ禍で病院は三割、いや、四割の赤字を抱えてただでさえ大変な時期なんだよ。そんなところへ梧朗を解任して、リーダーの素質もない善太朗を院長にするなんて、無謀過ぎると思わないか」

「思うわよ。わたし的にはね。梧朗叔父さまたちには、研修時代もとってもお世話になりましたでしょう、そのご恩は忘れませんわ。わたしが一人前の医師になれたのは、おふたりのおかげですもの、わたしはいつでも叔父さまたちの味方よ」

茜の口調は冗談なのか本気なのかわからなかったが、禄朗は念を押した。

「だったらなおのこと、反対してくれないか」

しかし、茜はそれには耳を貸さなかった。

「だけど、パパがそうするっていうんだもの」

「じゃあ、せめて茜ちゃんは、欠席するか、反対に投じてくれ」

「そんなことはできないわ。だって、パパがかわいそうよ。パパは、お酒を飲むといまでもいうわ。ぼくだけ幼稚園に入れてもらえなかった。垣内の家を追い出された、母親には露骨に意地悪されたって嘆くわ。パパだって、ずっとほめて、ほめてほしかったのよ。力もほしかったのよ。だから、理事長になってがんばって、今度は長男の善太郎さんを院長にしたいのよ。おじきたちだって、そんなお父さまの気持ちわかってあげてよ」

「そんな個人的な話と垣内の経営との話をごっちゃにしないで、お願いだから冷静に考えてくれないか」

「お父さまに直接いってよ。それか、お父さまのことがそんなに嫌いなら、クビにすればいいじゃない。あ、それから梧朗おじきは理事も追っ払われるのよ、絶対に」

途中から酒を飲み出したのだろう。茜の話は支離滅裂になって、禄朗の言葉は耳を素通りしていった。

「茜、しっかり聞いてくれないか」といいながら、禄朗は梧朗もろとも、出会い頭の衝突事故に巻き込まれたような、いや、暗闇で背中からばっさり切りつけられたような気がしてきた。それも、自分たちだけではなく、病院もろとも、といったほうが正確かもしれない。

――注目の社員総会――

ここまでが、藍子が息子の禄朗から聞いた話の一部始終である。

垣内総合病院の基礎を亡夫の善之とともに築き上げてきた藍子は、九二歳。なにものにも代えがたい、愛した自分の子どもたち。この歳になって、その兄弟間でこんな内紛が起ころうとは考えもしていなかった。

いや、その兆候は確かにあったのだ。それに本当に気づかなかったのか、気づくことを拒否していたのか、もはやわからない。

垣内総合病院は、一二代目の垣内善之・藍子夫妻の時代に強固な基礎を築き、その成人した五人の息子のうち、四人までが医師として力を合わせて、関東有数、いや、全国有数の私立病院に育て上げた。海辺の町にそびえたつ高層病棟は、地域の人々の信頼と羨望を浴びる「聖なる塔」といっていい。

垣内病院もともとはといえば、半農半漁の海辺の町の、江戸時代から続く開業医だった。村の名主と医業の兼業で始まり、やがて六代目が長崎で、七代目が江戸で外国人医師について西洋医学を学び、医業を専門とするようになった。戦前に帝国大学の医学部を出た一一代目が、二、三人の医師を雇い、入院病床を設け、病院とした。続く一二代目の善之が、精力的に新しい医療を手がけ、妻の藍子の支えを得て、総合病院として、地域の拠点病院として、飛躍を遂げて、今日の隆盛につなげた。

茜の予告通り、六月一五日、その「聖なる塔」の一〇階会議室に、社員は集められた。平日のことなので、診療に追われる梧朗と禄朗や二人の従兄弟は、開会の時刻ぎりぎりに飛び込んできた。次朗が、最初から自分たちの都合のいいように、彼らの欠席を考慮していたとしか思われない会議日時の設定だった。

そして、やはり茜の予告通り、その社員総会の席上、長男の太朗から唐突に「垣内梧朗の院長解任」議案が提出された。すかさず禄朗が、「院長職の任免は理事会ですべき」であること、「当院の定款でも決まっている人事部長の起案にないではないか」との異議申し立てをしたが、議長を務めていた岡本雄一郎弁護士によって社員総会の議決事項のうち、「その他重要な事項」に該当するとして、退けられた。

垣内梧朗に、解任に該当する不祥事や背任行為はまったくなかった。したがって、反対する緑朗や藍子は、なぜいま梧朗を解任する理由があるのか、明らかにすべきだと主張したが、提案者の太朗はそれきり口を閉ざしたままで、岡本弁護士は誰の発言にも耳を貸さずに賛否の評決を急いだ。

評決は五対五の同数だった。この場合は、議長に決済権限が委ねられている。

岡本は、反対派のきつい表情を読み取ったのか、

「今後二年間は次朗理事長、梧朗院長の体制で、二年後に善太郎さんを院長としてはどうでしょう。新しい時代を見据えた病院経営のためには、どうしても若返りが必要です。それが、いまをおいてはありません。いまなのです。したがって、これからの二年間、理事長、院長ともに、善太郎院長誕生のために下地つくりをし、協力しあうのです」

といいだした。また、とってつけたように、

「この異動に関しては、お互いを尊重して、職員を巻き込まないように、くれぐれもいっさい口外なさらないでください」

といいそえた。

「そんな交代劇は、二年後の理事会の決めることであって、今日この会で約束す

ることではないでしょう」

と、梧朗がいい、禄朗も藍子も口をそろえた。それが癇に障ったのか、岡本は、

「小生の調停案を受け入れられないのでしたら、動議打ち切ります。評決は五対五の同数でしたから、議長のわたくしの一票で決裁といたします。梧朗院長の解任および医療管理本部長解任、善太郎院長への交代を認めます。なお、梧朗前院長の理事退任も認めます」

と、後を絶った。

藍子は真向かいに座っている次朗の子である三人の孫を見るともなく見た。藍子の両の目には全身の怒りが集中していた。その目が茜に向かう直前、茜のほうからあわてて視線をそらした。

新しく院長に就任することになった善太郎、そして茜、その弟は、テーブルの下でスマホを見せ合っているらしかった。ずっと下を見たままで、父親に「来い」といわれたから来ているだけで、総会の中身にはほとんど興味がなさそうだった。ことに善太郎は、自分の行く末がかかっているというのに、どうでもいいと考えているような態度だった。

こんな頼りない青年に、四千人近い職員の命運と、地域医療を任せていいと、本気で思うのか、と藍子は怒りでふるえた。いうまでもなく父親の次朗がすべてを取り仕切るのだろうが、次朗にそんな力も策もないことは、親である藍子自身が熟知している。それだけでなく、病院内にも広く知れ渡っている。

肩書きや権力をとことんほしがるが、責任は一切とらない、だから誰からも信頼されない、そんな次朗なのだ。政財界のパーティーがあると聞けば、あらゆるコネを駆使して、参加してきた。そのとき、有力な伝手となったのが、高校の同窓会だ。東京有数の名門私立として知られる次朗の母校は、大臣経験者も輩出している。その後援会長を引き受けることで政治家に名を売り、「健康診断はわが病院で」と売り込んだ。

不祥事が発覚すると、政治家は当然のように体調悪化を口実に、入院という避難を決め込む。「都心の病院よりプライバシーが守られます。セキュリティーも万全です」と次朗がいえば、彼らは安心して海辺の町へ車を飛ばしてきた。次朗は特別の病室を用意し、あとは名医と呼ばれる医師をあてがい、どんなわがままでも聞くよう看護師らにいいつけ、自分は一日一回、病室に顔を出し、ご機嫌をとるのだ。

同窓会を通してつながる財界の有力者にも、同様に食い込んだ。

そんな次朗特別の患者を、院内では「㊇＝マルジ」と呼んでいたが、そうした少々厄介な患者に対して、

「ＶＩＰ患者さまとはいえ、病状が切迫しているわけではありませんから、優先するわけにはいきません。対応は必然的に後回しになります」

などというスタッフがいれば、たちどころに懲戒処分をくらい、給与を削られた。病院の現代的な外見とはウラハラに、次朗の胸先三寸でことが運ぶ伏魔殿だと、職員はうわさした。

次朗は、出身大学や名刺交換がかなった医大の教授や理事たちにも取り入った。雲の上の教授たちは臨床には携わらないから、次朗がどれほどの力を持つ医師かはわかっていない。次朗が、「失礼ながら象牙の塔の住人である先生は、実際の医療現場を知らな過ぎます。今、地方の現場ではこんなニーズがあるのです」などと語れば、「おお、そうか」と受け入れてくれる。そして、彼らに新しいポストが用意されるとき、「垣内次朗くんのような、民間の知恵とノウハウを取り入れようじゃないか」と、次朗をかつぎあげる。

こうして、次朗の名刺には新しい肩書が増えていった。

「垣内総合病院理事長」と某「国立医科大学理事」の肩書が併記された名刺を見せられたときは、藍子も弟たちも、びっくりするというよりも、ここまできたかと感心した。

医師としての実績は何もないが、その肩書にひれ伏す人も少なくなかったから、次朗の虚栄心は満たされた。海辺の町にいても、視線の先にあるのは、都心で繰り広げられる政財界の動きと医学系大学の人事だけだった。足元の病院では高額な個室が増えて、海辺の町の人たちは、「おれらは垣内には入院できない。入院するときはよそで診てもらうべえ」というようになった。

それでも垣内総合病院では、五男の梧朗が院長として実務をすべて取り仕切り、次朗の暴走のブレーキとなり、グループ全体を統括していたから、次朗は理事長として何もしなくても物事は回った。その梧朗を外して、実力・経験不足の実子の善太郎を院長にするという、一体どうやって病院を運営するというのだろうか。藍子の不安は日に日に膨らんでいった。

――崩壊の予感――

議長である岡本弁護士の決裁権限で、五対六で院長解任は決定した。そんなばかな、まさか、と藍子は呆然として岡本弁護士の顔を見つめるしかなかった。その視線をまったく意に介せず、岡本は資料を閉じ、閉会の宣言をして、梧朗の解任は現実のものとなってしまった。

藍子は一時間ほど前に、この部屋に入ったとき気持ちよく感じた冷房の風が、足や手を刺すような冷風に変わっているのを感じた。両手の指先が蝋のように白くこわばってきて、一刻も早く立ち去りたかった。

会議室の外へ出ると、茜が小走りに追ってきて、ささやいた。

「ねえ、おばあちゃま。あたしのいったとおりになったでしょ。これからは善太郎お兄ちゃまを応援してあげてね。茜からもお願いします」

藍子には返す言葉がなかった。

社員総会に続いて、理事会が開催された。

理事会のメンバーは次朗と新院長に就任することになった善太郎、禄朗、社員総会にも出席していた従兄弟二名、医療法で定められている傘下の病院、クリニック、診療所および介護老人保健施設の管理者六名、岡本弁護士、および彼の紹介で二〇年ほど前から理事に名を連ねている公認会計士、幹事各一名、いましがたの社員総会で名誉理事長として理事に復活した長男、太朗が加わった。

先に理事を解任された五男の梧朗は、当然ながら除外された。計一四名の理事が集合し、議事進行はやはり岡本弁護士が、当然のごとく仕切る段取りだった。

この病院を育て上げた藍子は、理事ではないので、理事会へは参加できない。垣内病院の理事会発足のときからある時点まで、藍子はずっと理事であった。職員は長い年月、藍子のことを公の場では、理事長夫人でも奥さまでもなく、藍子理事と呼んできた。

藍子と一緒にやめた理事はほかに二名いた。先代の善之院長の時代から忠実に事務方を一手に引き受けてきた事務長。彼は商家でいえば大番頭だ。それに善之の弟。彼もまた医師として兄を支え、垣内を守ってきた。

しかし、バブル期に次朗が事業で大きな借財を負い、その処理と再建会議が何度も開かれたある日、その席で再建に尽力した公認会計士が、遠慮がちに見せて、辛辣な言葉を吐いた。

「藍子理事は今日までの多大な功労者であるかもしれませんが、かねがね高齢化した理事を相手に、激論を戦わせるのは忍びないと思ってきました。そこで、今日ははっきり申し上げましょう。そもそも女が経営に口を出して成功したためしはない。あくまでも、いいですか、あくまでも一般論として述べるのですが、とくに創業者一族のゴッドマザーといわれる存在ほど厄介なものはないですな。なぜって、昔はよかった、わたしたちはこうやってきた、って追憶にふけるのは得意で、わたしの目の黒いうちはっていいはって、改革にブレーキをかけるんですから」

公認会計士の笑いをまぶした言葉に、「未来ある病院のために母親を排除しましょう」という意図を読んだ藍子は、その場で毅然といった。

「今回の救世主の方のお話はシンプルで、率直で、きわめてわかりやすうございます。この助言による再建に期待いたしましょう。この地でこの病院が維持、継続できますなら、私も、亡き主人も本望でございます。一族経営にはこだわりません。

わたくしはいま、ここで理事を退任いたします。同じくわたくし同様の高齢者にも退任をすすめます」

それからほぼ二十年がすぎた今日の理事会である。

傘下の病院長、クリニック院長、介護老人保健施設の管理者は、院長解任を承認しなかった。社員総会のように簡単にはいかなかった。反対意見が次々と出て、議論は紛糾した。最終的に半数に分かれて、賛否は七対七の同数だった。ところが、社員総会では反対に回った従兄弟のふたりは理事会までの短い休憩時間の間に翻意した。次朗の脅しというのか、圧力があったのだろう。

同数にもかかわらず、岡本弁護士から「同数の場合は承認といたします」という発言があって次朗の提案が承認されて、垣内梧朗の院長解任、理事解任、善太郎の院長就任は決定された。反対派はそんな約款や規則はどこにあるのだ、と大声を上げたが、押し切られた。次朗は、「おれがルールだ」とばかりの勝ち誇った笑みを浮かべ、岡本弁護士と、続いて公認会計士と握手を交わした。

社員総会の報告を受けた藍子は、垣内家の、垣内病院の終わりの始まりが、本日をもってやってきたのだ、と思わないではいられなかった。

聖なる医の塔が、伏魔殿になろうとしている。

この状況に、内部の人間として黙したままでいいわけがない。

ノーベル平和賞を受賞した。コンゴのデニ・ムクウェゲ医師は、紛争地域で性暴力を受け苦しむ女性たちを治療し続けてきた。その悲惨な、あまりに悲惨な現実を目の当たりにして、彼は、「沈黙は共犯」といったという。

その言葉を思い出した藍子は、ムクウェゲ医師が目にした世界と、この垣内で繰り広げられている出来事は、比較にならないあまりにも小さなものだが、沈黙して共犯者にはなるまいと誓った。

黙認したら、病院だけではなく、やがて地域医療も崩壊するのが目に見えている。

事実、職員の中からは、母親が何らの抑止力にならず、ただ野心だけの二男を放置して、共犯になってきたのだ、と強烈な批判をする声もあがったのだ。

病院が病んで、壊れていこうとしている事態に手を貸す共犯者にはなるまいと思った。

第1章　「医の心」とは

――垣内病院のはじまり

垣内一族は、江戸時代から三〇〇年ほど続く医者の家である。次朗や梧朗、禄朗ら兄弟の祖父にあたる一一代目の垣内善夫の時代から、診療科目も増やし、病院の体裁を整えた。善夫は旧帝国大学の医学部で学んだ産婦人科医だった。

その善夫の長男・善之は、大学で胸部外科を専門に修めた。診療科目は違っても、父と子はともに、医者の家を守って、この海辺の町で堅実な発展を遂げてきた。ただ、一二代目の善之は、父とは違い、病院を守るだけではなく、失敗を恐れることなく、新しい医療と病院経営に次々と挑戦してきた。

発端は、善之が結婚して間もなく、大学時代の親友がいったことからだ。

「いまだってそうだけど、これからは結核外科治療の時代だよ。垣内、きみは胸部外科をやったんだから、肺結核の胸成術をやるべきだよ。おれなんか山形、秋田の日本海側で、胸成術ができるただひとりの医者だもんだから、自分の病院はもとより、あちこちの多くの病院に出張して、感謝されているんだぜ」

結核は、明治時代から終戦後までの長い間、「国民病」「亡国病」と恐れられた疾患だ。貧富を問わず、若い、豊かな才能が、この結核で容赦なく失われていた。小説でも芝居でも、悲劇の主人公は結核を病み、喀血する姿がつきものだった。

第二次世界大戦後、ペニシリンが、続いてペニシリンより効果の高いストレプトマイシンといった抗生物質が使われるようになって、不治の病ではなくなったが、病巣の切除、胸壁、肋骨、脊髄などに対する外科手術が必要だった。

病院の経営安定のためにも、命を救うためにも、いまこそおっくうがらずに胸成手術をやれ、と親友はいった。

関東のこの地域で、すでにその手術をやっているところがあると聞いたこともなかった。善之は「考えておくよ」というにとどめた。大学時代、しっかり学んで、習得していた技術だが、なぜか積極的になれなかった。

しかし、親友の言葉が頭にこびりついて離れない。思い切って東京都内の保健所に勤務する旧友に相談した。すると、親友と同じ言葉が返ってきた。

「そうだよ、これから先当分は結核の時代だよ。患者はいくらでもいて、その多くが入院できなくて困っているんだ。きみがやるというなら、患者を回すよ」

善之は黙って聞きながら、東北の親友に続こうと決意を固めつつあった。患者が増えれば、何よりも病院の台所事情がよくなるだろう。

「だが、結核患者を診るということは、大変なことなんだよ。やるというなら応援はするけど、手術さえできりゃあいいってもんじゃないんだぜ。やり始めたら、どんな肺結核でもやりとげなきゃならんぞ」

旧友は、けしかけておいてから脅すように続けた。

「結核というのは、きみも知ってのとおり、病気そのものよりも、周囲の面倒が実は大変なんだぜ。給食も出さなけりゃならんし、感染症だから隔離が前提。院内の感染対策も難儀だし、ほかの病人と同じ付き添い婦（入院患者の身の回りの世話をする職業。一九九六年に廃止された）をつけるってわけにもいかないぞ。専門の看護婦をつけなきゃならんから、人手もいるしな」

この面倒と大変さを語り続ける旧友の言葉が、もともと反骨精神さかんな善之の胸に火をつけた。

「だったら、なおのことやってやろうじゃないか」

海辺の町に帰ると、善之は妻の藍子だけに、

「病院を改築して、結核で苦しむ患者さんをもっと広く受け入れたいと考えているんだ。どうだろうか。それには、もちろん伝染病舎を充実させなければならないんだが」

と打ち明けた。

「そうですか。あなたのよろしいようになさったらいかがですか。だって、もうすでにお決めになっていらっしゃるんでしょう」

――父との確執――

翌日には早速、顔なじみの大工と左官を呼んで、畳を揚げ、床をはがして張り替えた。全病室をベッドにするのだという。まだ畳にふとんという病室も少なくなかった時代、敗戦から四年、一九四九年の春のことだ。

垣内病院は、国鉄の線路に沿って走る道路に接して母屋と蔵、離れが建ち、そこを扇の要のようにして、海に向かって診察室、外科室、病棟、伝染病舎などが広がって点在し、渡り廊下でつながっていた。

善之は診察と手術の合間を縫って、自らのこぎりや金槌を持って病室改造に汗を流した。もともと大工仕事は嫌いではなかった。

「おまえのような下品なやつは見たこともない」

「わが子がキョーサントーになるとは、なんと情けないことか」

息子をののしる父親・善夫の声が、藍子の耳にも届いた。自分の意に沿わない、自分と違ったことをするものは、舅にはすべて下品でキョウサントーで、アカだったのだ。最先端の医学を学んだエリートでいながら、思考停止に陥っている舅を、藍子は哀れに思わないではいられなかった。

父と子では、患者に対する態度も正反対だった。父は、「患者を診てやっているんだ」という態度が露骨だった。怪我でも盲腸炎でも、患者は決まって、「なんでこんなになるまでほっといたんだ」と怒鳴られ、肩を丸めて縮こまった。「何が原因ですか」「どうしたらいいですか」などと問いかけようものなら、「治るときには治る」「医者のいうことをきいていればいいんだ」とさえぎられ、それっきり口もきいてもらえなくなった。

この父を見て育った善之だが、患者に対する態度はまったく違った。「患者さまあっての病院。病人がいての医師」「医者のために病人がいるんじゃない」とつねづね口にして、患者の心身に配慮した。父の善夫に長く仕えてきた看護婦が「先生、次の患者がお待ちですよ」などと、「患者」に敬称をつけない呼び方をすれば注意した。

「患者さまといいなさい。せめて患者さん、と。患者とひとくくりにいうけど、みなさん、それぞれの人生を歩いている、名前のある人だ」

ここで終わらず、善之の言葉はなお続いた。

「本当は名前で呼ぶべきだろうが、あまり大声で呼んで病院中に知れてしまっては、いけない。ここに来ていることを知られたくない人もいるだろう。だから、名前を呼ぶときは、小さな声で呼びなさい」

「はい、わかりました」

いつものことでうるさいなあと思いながらも、ここまでいわれると、ベテランでも駆け出しの職員でも、しだいに善之の言葉に染まっていった。

当然、大先生ではなく若先生に診てほしいという患者が増えて、それがまた父の善夫を不機嫌にした。

「あいつは患者と医師の立場の違いをわきまえない。患者に媚びている」とののしった。

そんな夫の妻で、藍子にとっては姑であるみどりは一言たりともいさめるわけでも、なだめるわけでもなく、ただ「はい」といって従っていた。

藍子も姑にならった。夫をいさめたり、意見したことはない。「あなたのよろしいように」としかいったことはない。

病室の改造途中で、都内の保健所に勤める旧友から、善之のもとへ早速、結核患者を紹介してきた。給食のための調理室はおいおい設計して、というところだったので予定が狂ったが、母屋の台所を使うことにして、たまたま近くに住む板前が、「先生よう、おれ、給食の調理もできるんだけどよう」というので、調理員として雇った。

善夫はまた、善之がこうして地元の若者や漁師たちと親しく話すのを目にすると、「おまえには医師としての矜持がない」といってなじった。それでもあきたらずに、善之に向かって、「おまえなんか医専出じゃないか」というのを聞いたときは、藍子は唇をかんだ。

夫の善之が学生だった戦前、医師速成の必要に迫られた国は、旧制高等学校や大学予科といった高等予備教育を修了して入学資格を得る旧制大学医学部・医科大学とは異なり、五年制の旧制中学校・高等女学校終了で入学でき、四年または五年の修学で臨床医の即時養成を主な目的とする医専の設立を認めた。同じ医師でありながら、この医専と、その卒業生である息子を、旧帝国大学の医学部出身の父親は、露骨にさげすんだ。

妻の藍子は、善之の胸中を思うといたたまれなかったが、善之はそんなことは意に介さず、往診の依頼がきたことを幸いに、スクーターに飛び乗った。

夜となく昼となく、「先生、じいちゃんが脂汗を流して唸っている。来てください」「うちのかあちゃんがへんだ」といわれれば、善之は家を飛び出す、それが、医師としての矜持だった。

善之は、病院で働く職員にも威張ることはなかった。職員が健康で、気持ちが穏やかでなければ、いい医療は提供できないといって、職員とできるだけしゃべり、顔色を見た。こうした夫の態度を藍子は尊敬した。平たくいえば、ほれた。

調理の手伝いと食材の調達はみどりと藍子の仕事だった。食材の仕入れは現金しか受け付けてもらえない。しかし、保険の診療報酬が病院に入るのは、早くても三か月後だ。入院患者が増えるにつれて、その間のやりくりは大変になり、それまでひとさまに頭を下げたことのなかったみどりが、頭を下げて近所の農家から米や野菜を手に入れてきた。構えは大きい医者の家だが、職員の給料、日々の支出に汲々として、余裕はなかった。

この家で初めての正月を迎えたとき、藍子は仰天した。元旦は家族だけでささやかに祝ったが、二日は大勢の年始客を迎えて、大宴会となった。ひごろの倹約ぶりとは打って変わって、貴重な餅も酒も大量にふるまわれ、山海の馳走が並び、ほぼ村中の男衆が挨拶に来て、飲んで騒いだ。

足腰が立たなくなるまで飲んで、廊下で失禁するものまでいた。藍子の実家の椛島家では、父も兄も、ほとんど酒を飲まなかったら、こんな光景を見ることは決してなかった。

藍子は繰り広げられる狂態に度肝を抜かれたが、ふだんは口もきかない村の人たちの醜態や沮喪を、笑って見ている善夫によりいっそう驚いたのだ。これが旧家の戸主の余裕であり、威厳というものかと藍子は目をみはった。

ただ、ここから逃げ出そうとは思わなかった。

ほんの三年前、毎日のように目の当たりにしてきた空襲の恐ろしさ、そして、戦後すぐに蔓延した腸チフスや赤痢の恐ろしさからみたら、こんなことはなんでもなかったのだ。どんな狂態であれ、命までは奪われないだろうと思ったのだ。

――病気も暮らしも面倒をみる――

藍子は、そのころ、周辺の集落に股関節脱臼の子どもがいると耳にはさめば、どうか手術を受けてください、うちの病院で手術をさせてください、と家々を訪ねた。当時、骨盤から大腿骨が外れてしまう股関節脱臼の乳幼児は珍しくなかった。逆子で生まれたり、生後すぐから両足をしっかり閉じて揃えておむつでぐるぐる巻きにすることなどから、引き起こされることが原因だった。

左右の足の長さが違う、足を他動的に動かすと音がする、歩行開始が遅れたり、歩き方が不安定だったりで、月齢がある程度進んでから、親が気づくことが多い。歩行や起立に際して重要な役割を担う股関節に、脱臼が生じると歩行に支障をきたすこともあるので、専門医による早期の発見と治療が必要だったが、生死にかかわるほどの障害でないためか、放置する親もいたのだ。また、治療といっても骨接ぎのようなところへ通うことが多かった。

「うちの病院で治療させてくださいませ」

藍子は頭を下げた。

患者がふえれば、それだけ病院の運営は安定するが、それ以上に幼いときに見逃したために、長じて、不自由な歩行を強いられる子がいると思うと、先が案じられて気の毒でならなかったのだ。

上品なきものを着た垣内病院の若奥さまがやってきて、よそゆきの東京の言葉で、いきなり話しかけるので、相手はとまどったが、その熱意に負けて、翌日には垣内病院の門をくぐった。

すると、善之みずからが、昭和の初期には最先端の機器だったというレントゲン装置で撮影し、患部を診て、手術なり処置を施す。手術をする子どもが、ひとり、ふたりとふえて、完治すると、次第に手術の希望者もふえていった。

患者にはこちらから頼んできていただいたという思いもあった。だから、退院後も、藍子は患者の家を訪ねては、食事がちゃんとできているか、食べ物があるか、心を砕き、それとなく援助を続けた。垣内の家もそれほど余裕があったわけではないが、周辺には三度の食事にこと欠く家もあったのだ。

母親の患者が入院中であれば、その幼子たちを母屋に連れて行き、食事をとらせたり、おやつを与えた。母家の風呂で入浴させた。自分が母になってからは、わが子はお手伝いにまかせて、他人の子を洗っている自分に気がついて、「あれ、わたし……」と苦笑したこともある。

結核の患者に対しても気づかった。近隣の患者であれば、退院後、折をみて訪ねては、見守った。

善之の旧友が紹介してくれる結核患者のほとんどは、東京からきている。恐ろしい伝染病であるうえに、東京とは距離があるので家族の見舞いもない。空気が清浄とはいえ、海と松林しかない土地のこと、入院患者は手術が成功し、回復に向かってからは、むしろとまどい、退屈し切っていた。

藍子は町の商店を回って、菓子や話題の本、雑誌、足袋や靴下、手ぬぐい、櫛、剃刀などの日用雑貨を買って病院に帰り、戸板の上にシーツを敷いて、その上に買ってきたばかりの品物を並べた。やがて、近隣の農家から仕入れた花やいちごも加えた。ほんのわずかでも、花や果物の放つ香りと色彩は、院内の大きな慰めになった。

いまでは当たり前にどこの病院でもコンビニエンスストアや喫茶室が、院内や同じ敷地内にあるが、戦後まもない垣内病院の周辺には一軒の小間物屋も駄菓子屋もなかった。

金平糖や飴玉一個にも値札をつけて、仕入れてきた値段で売った。作業はわずらわしかったが、患者の喜ぶ顔を見ると、苦にならなかった。

この屋台でとりあえずの必需品が買え、見ているだけでもささやかな気分転換になり、気分が和むとなれば、ここで買い物をすることが、隔離されている結核患者の社会復帰の第一歩となる。

しだいに、結核患者だけではなく、ほかの入院患者や、付き添いや見舞いのついでの客もふえる。客がふえれば、藍子の仕入れも頻繁にならざるを得ない。駅のほうから大きな荷物を背負って潮風に吹かれながら病院に戻る姿に、

「また垣内の若奥さまがでっけえ荷物しょってる。ごくろうなこったべ」

と、見かけた人はもらした。

やがて、出店したいという商店も出てきて、にぎわい、購買部へと発展して常設のコーナーができた。さらには「なぎさ商店」という新会社設立につながっていく。

藍子がひとりで立ち上げ、育てた会社である。

――金策に走る――

戦争の混乱から、海辺の町も垣内病院も少しずつ復興に向かっていたが、病院の設備はまだまだ足りないものだらけだった。とくにレントゲン装置は古びて、操作時にすさまじい機械音を発するので、子どもは誰もが親や祖母に抱きついて大泣きした。撮影される患者だけではなく、外科室にいる患者まで、「垣内の機械で殺されるんじゃねえか」と怖がってふるえた。それでも、当時、周辺にレントゲンを備えた病院はほかになく、善之の診断の確かさは群を抜いていた。処置の技術も確かだった。

古いレントゲン装置に、手狭な手術室。もっと動線を合理化して、職員にも患者にも、負担がない病院にしたい。善之は構想を練り、まずは最新鋭のレントゲンに買い替え、レントゲン室を新築したい、と藍子に訴えた。

「あれがあれば、胸部成形手術をするとき、断層撮影をして、空洞を確認して、患者さんにもわかりやすく説明してから、手術にとりかかれるのになあ」

善之は、大学の医局にいたとき、断層写真で胸部の空洞を確認するのは当然のことだったが、さらに進んでレントゲン技師と角突き合わせて、簡易型のレントゲン装置を開発しようとしていた。その途中で垣内の家に呼び戻されたので、あきらめざるをえなかったという事情があり、レントゲン装置には誰よりも執着している。

折しも、それまでのドイツ製に代わって、国産の精密な装置が開発されたという情報が飛び込んできたのだ。いてもたってもいられなくなった。

「あれが買えたらなあ」

おもちゃをほしがる子どもと変わらない。

「思い切って買ったらいかがですか。そうなさいまし」

藍子の返事は決まっていた。善之が、院長である父親に大にしろ小にしろなにかしらの相談をもちかけることは決してなかった。

「あなたはそう簡単にいうけど、七〇万円もするんだよ。おいそれとは手が出ない値段なんだよ」

当時の七〇万円は、今の金銭感覚でいえば一千万円を優に超える金額だろうか。

小学校教諭の初任給が五千五百円の時代だ。日々の院内給食の米代にも頭を悩ませているのだから、都合のつけようがない。

「銀行に融資をお願いしてはいかがでしょう」

「え、銀行？　融資って？」

善之はひどく驚いたようだった。

善之は病院の金勘定にはまったく無頓着だったばかりか、銀行がどのような業務をしているのかも、ほとんど知らないできた。父も母も金のことは善之の耳に入れないできた。病院の経理はみどりが一切を仕切っていた。取引きのある銀行の行員が来ても、経理担当者も事務室すらも素通りして母のみどりのもとへ直行していた。みどりは、夫の善夫が黒といえば、白いものも黒という忍従の女だったが、実は垣内の屋台骨をしっかり握っていたのだ。

善之が、藍子がいなければ夜も明けないように、善夫もみどりがいなければ、白衣も自分では着られないし、預金通帳の置き場も知らなかった。

善之は資金の工面を母に頼むのが筋かともと思うが、その面倒には耐えられないと思った。話は即座に母から父に伝わり、聞いた父は怒り、「そんなものはいらん」

ということに決まっている。藍子とふたりだけの話にして、父母には事後承諾ということにしたかった。

「お取引きがある銀行に融資していただいて、月々お返しすればよろしいのではなるほど。そういう方法があるんだね。あなたはよく知っているね」

善之はつくづく感心して藍子を見た。

善之が購入しようとしたレントゲン装置は、五〇〇ミリアンペアの、当時としては最大にして精密な診断用X線装置だ。この機器を開発した顔なじみの医療機器会社の社員も張り切って、商談はすぐにまとまった。

この大型の装置のために、レントゲン室も改装し、準備が整った。大工や鳶、左官の仕事はまたも地元の小学校の同級生や幼なじみが、「善《よっ》ちゃんのためなら」と二つ返事で引き受けてくれた。父の善夫には決してできない人脈だった。

あとは融資の相談に銀行に行くばかりになったとき、善之は忙しくて、窓口が開いている時間にはどうしても銀行に行けないといいだした。

「それならば、わたくしが参りましょう。おまかせくださいまし」

藍子はこぶしで胸を叩いていった。

それ以来、このポーズは藍子のおはこになった。

垣内家が何年となく取り引きをしている銀行を訪ねた。銀行はきわめて丁重に藍子を支店長室に迎え入れた。藍子は、そのレントゲン装置がいかに病院にとって必要かを説いた。だが、

「そんなに高価なものが必要なんですか。なら、なおさら大学病院とか国立の病院にまかせればいいんじゃないですか」

融資の担当者は、藍子の話を途中でさえぎって、さらりといった。いなかの無名の一私立病院がそんなに高価な装置を備えなくても、と見下した態度が見え見えだった。

「これは、うちのためにも必要ですが、病気で苦しんでいる多くの患者さまのためにもどうしても必要なんです。お願いいたします」

担当者は、「検討の余地はございません。どうぞお引き取りください」と、立ち上がった。藍子が熱心に語れば語るほど、なにも医者の奥さんがそんなに頑張らなくても、という態度が透けて見えてきた。

藍子はこみあげてくる口惜しさを抑え、頭を下げて退出した。期待を持たせてし

まった善之に何といおうか、考えると口惜しさにもまして、胸が痛んだ。

しかし、ここでひるんではならない。藍子は善之には内緒で、翌朝、都内の藍子の伯父夫婦を訪ねて打ち明けた。この藍子の母方の伯父夫婦が戦争中疎開していた家の隣に、懇意にしている地方銀行、黒潮銀行の常務が住んでいることを思い出したのだ。戦前から織物問屋を営んでいる伯父には、その銀行とも取引があったはずだ。その常務を紹介してもらおう、と考えたのだ。

子どものいない伯父夫婦は、日頃から藍子のことを何かと気づかってくれたが、この日も「藍ちゃんのためなら」といって、その場で常務に連絡をとってくれた。

翌日、黒潮銀行の本店に常務を訪ねた藍子は、垣内病院の歴史から、善之との結婚のいきさつ、夫婦が目指す「医療の平等」を訴えた。

「よくわかりました。ご希望に沿うようはからいましょう」

先方は、海辺の町の支店の支店長と融資担当者の名をあげて、どちらかを訪ねればいい、とまで段取りをつけてくれた。

藍子から報告を受けた善之は、飛び上がって喜び、早速、レントゲンを注文した。

当時、レントゲンの現像液は保存がきかず、一日ごとに使い切るものだった。そのために、毎日一回や二回のレントゲン撮影では、きわめて効率が悪いから、善之は一週間分の撮影を一日でまとめて行い、現像も一日でまとめてすることにして、レントゲン撮影は予約制にした。レントゲン技師など雇う余裕はないから、善之がレントゲン技師も兼ねていた。

レントゲン撮影の技術は、一八九五年にドイツの物理学者、W．C．レントゲン博士が真空管の実験をしている過程で発見され、確立された。博士は、それが〝見えないが、確かに存在する〟ので、「謎の光線」と言う意味で〝エックス線〟と名付けたが、日本では、X線というよりもレントゲンと呼ばれることが一般的だ。

ただ、使い方や量を誤ると、癌の発生率が上がったりするなど、人体に害を及ぼすこともある。

そのためにレントゲン技師、正式には「診療放射線技師」は、国家資格に合格した免許保有者でなければ業務に従事できない。

また、X線を浴びないために、撮影技師は専用のプロテクターや眼鏡をつけることになっていた。だが、善之は、自分がそんなものをつけるのは、患者さんに失礼じゃないか、と勝手に判断して、白衣のまま撮影をしていた。

そんなある日、午前中は股関節脱臼の患者を、午後は肺結核の患者を撮影し続けて、その後、現像の作業に移ったが、しばらくしたとき吐き気と頭痛、めまいで倒れ込んだ。

便所の前で倒れている善之を、職員が見つけて大騒ぎになった。院長室につながる部屋の診察台に載せられたものの、誰も手を出すことができず、様子を見るしかなかった。

日付が変わったころになって薄目を開けて、枕元で半泣きになっている藍子に、ようやく、

「レントゲン酔いだと思う」

とだけ、自己診断していった。

「若先生が気がつかれた」と知らされた善夫は、「このばかめが」とさんざんに叱った。

そんな経験をしているので、新しいレントゲン装置が、いっそう待たれた。いよいよ明日は、その装置がやってくるという日、善之は相好をくずしっぱなしだった。その表情を見て、藍子は喜びを共有できる幸せにひたった。

その日の午後遅く、銀行の窓口はとうに閉まっている時間になって、突然、黒潮銀行の支店から藍子に電話があった。その後も何度かやりとりがあって親しくなっていた融資の担当者は、いきなり「融資できない」といった。

「なんとおっしゃいましたの」

「ですから、融資ができなくなったのです」

担当者は、そう繰り返すだけだ。

「なぜなのか、わけをお聞きしないことには納得できませんわ。支店長さんに代わっていただけませんか」

ずいぶん待たされて電話口に出た支店長は、「ほかのお客さまに融資をしたので、垣内さまにご都合するお金がないのです」

「そんなことがあっていいのですか。道義にもとる約束違反ではございませんこと」

「なんといわれようとも、ここの支店にお金がないんですから、どうにもこうにも。お貸しすることはできません」

電話は一方的に切られた。

怒りでほおが上気し、メモを持つ手がふるえた。お金の都合がつかなくなったから、レントゲン購入をやめると、いまさら先方のエンジニアにいえるわけはない。夫にもいいたくなかったが、さすがに伝えないわけにはいかない。

善之の顔はみるみる青ざめて、夕食もいらないといいだした。がっかりしたときは子どものように沈み込む善之相手に、「しょうがないですね」とはいえないし、「こんな裏切りがあっていいんでしょうか。ひどいですよね」と慰めあっていてもしょうがない。

藍子は、

「明日、東京へ帰らせてくださいませ。ちょっと考えがありますの」

とだけいった。

「あたくしにおまかせくださいまし」と、こぶしで胸をたたくのは、自分の腹の中だけにして、その考えが何かは明かさなかった。東京へ行くことはみどりにも黙っていた。里帰りするといえば、いつどんなときでもみやげを持たせて送り出してくれる義母に、借金のために上京するとはいえなかった。

翌朝一番の都内に向かう列車に乗ると、藍子は、戦争中は決して歌うこともなかった嫌いな軍歌を、小声で歌った。ここで負けてはならない、戦って戦って、勝ってくるのだ、と自分を鼓舞したのだ。

まずは杉並の実家を訪ねる。それですまなかったら、伯父、叔父を訪ねて頭を下げて、なんとか七〇万円を集めるつもりだった。こんなことなら、銀行の常務を紹介してもらうよりも、あのとき、伯父に直接、借金をお願いすればよかったのだ、とも思った。

伯父や叔父は、両親に向かって、娘に、それもいまや人妻になった娘に、金の算段をさせるとはなんということだと、非難するかもしれない。母は悲嘆にくれるかもしれない。それでもいい、七〇万円ができるなら、それを善之に渡すことができるなら、と藍子は軍歌を歌い続けた。

藍子の話を聞いた椛島の父は、「わかった。七〇万円でいいのか」といって、居間を出ていった。父の姿が見えなくなると、それまで黙って聞いていた母が、声をひそめていった。

「あなたが、何日か前に、伯父さまを訪ねたと聞いていたけど、このことだったのね。お父さまもわたしもとても心配していたのよ」

伯父夫婦には、両親に内緒にしてほしいと念を押したのに、そうはいかなかったようだ。

「でも、安心したわ、お父さまもああおっしゃったことですし。藍子のこと、戦争が終わって大学に入ったときのために、お嫁入りのときのために、ってお父さまには心づもりがあったと思うのよ。ところが、戦争が終わったばかりのどさくさの中で、あなたは大学にもいかないし、お嫁入り道具もなしでお嫁にいっちゃうし」

母は少し笑った。

藍子は、戦争中のもの不足の中、ろくな道具もそろえられずに嫁入りしたことを振り返った。

花嫁衣装も当座の着物も、姉のお下がりの間に合わせだった。姉は海軍の軍人と結婚して、所帯を持つと同時に夫の赴任先に旅立っていったから、贅を尽くした着物もむしろ邪魔だった。それにこの戦時下では着る機会もないからと送り返してきたものだった。

「それにあなたは、戦争中、疎開先で買い出しやら家事やら、そのうえ、赤痢がはやったときは、看護婦以上に頑張ってくれたって、お父さまはつねづねおっしゃっていらしたのよ」

体の弱かった母に代わって、藍子は戦火をくぐって、家族の食料を手当てし、配給の列に並び、一〇歳下の妹の世話をした。疎開先の家は田畑の中にあったが、疎開してきたよその家族に回すほどの収穫物はなかった。地主だった母方の親戚から米や野菜、みそや醤油までを分けてもらって、疎開先の長野県の山村まで運ぶのは、藍子の役目だった。乗った列車は空襲警報の出るたびに停車し、乗客は窓から飛び降りて、線路から離れた草むらや窪地に身を隠した。そんな思いをして運んだ食料があったから、一家はなんとか生きられた。

終戦の直前、疎開先一帯の集落では赤痢、続いて腸チフスが猛威をふるった。発熱や下痢、血便を訴える患者のために、小学校の体育館が急ごしらえの隔離病棟になった。村内の医師は出征して不在、藍子の父がひとりで対応するしかなかった。看護婦もいないから、藍子が父の指示に従って、病人の世話をし、悪臭にまみれて体育館の消毒にかけずり回った。看護婦の資格は持たないから注射や採血こそしなかったが、病人の汚物の始末、清拭《せいしき》、体位交換、床ずれの手当て、包帯の取り換えとなんでもやった。

「お父さまは、藍子はよくやった。戦争が終わって平和な世の中になったら、なんとか藍子には娘らしい暮らしをさせてやりたい、って。報いてやりたいっておっしゃっていたのよ。だから、ちょっと形は変わったけれど、あなたにようやくお礼らしいことができて、とてもうれしいんじゃないかしら」

それを聞いて、藍子は父にも母にも感謝をした。その藍子の前に置かれた大ぶりな紙包みは、学者への道をあきらめて、つつましく、堅実に開業医として働いてきた父の蓄えだった。

新しいレントゲンが、改築されたレントゲン室に収まったとき、居合わせた患者たちまでがはしゃいでいった。

「先生よう、こりゃまたすんばらしい機械じゃねえか。新装記念にあてを第一号で撮ってくったい」

「これだけで、病気も治まりそうだっぺよ」

善之は手放しで笑った。よほどうれしかったのだろう。その笑い声を聞いている藍子も、うれしくて笑った。舅の善夫もこのときばかりは口元をゆるめて見ていた。

装置は結核の診察だけではなく、整形外科でも休む間もなく活用され、診断の精度を上げげた。結核を中心にした伝染病患者への対応は、いっそう充実していった。

このときの銀行との折衝、金の工面を契機に、藍子は、外向きの用の一切を引き受けることになった。

――「いつ沈むかわからない泥舟です」――

藍子が善之と初めて会ったのは、この垣内の母屋の広間だった。

戦争が終わってから、藍子は両親、妹とともに、東関東の片隅に移り住んだ。長野県で終戦を迎えたのだが、母の秀子が栄養失調になりかけたために、友人を頼って、温暖で、ふるさとの東京に近い地に移ったのだ。

この地で、藍子はひょんなことから、「新世紀健康母性」という当時のミスコンテストで首位になった。ミスコンテストにしては聞きなれない名称だが、戦争が終わって、新しい平和な世の中で、健康的で、新しい時代を切り開く女性を選出しようという、新聞社の主催で、保健所も協賛する催しだった。それが地元紙で大きく紹介されるやいなや、かねがね長男の嫁を探していた垣内の家は「ぜひうちの長男の嫁に」といいだした。

当時まだ貴重だった日本酒を手にした有力者が、仲介の頭を下げた。一升瓶が何本並んでも、父も母も丁重に、しかし、そっけなく断った。

半年以上も進展がなかったのに開き直ったのか、仲介者のひとりが、「わたしらの顔を立てるために、お嬢さん、一日、海辺の町の垣内に顔を出してくださいませんか。それでこのお願いも終わりとします。名目はピクニックです。海を見て、松林を見て、それだけです。そこで、こんな田舎はいやだっていってくれたら、先方だってあきらめますさね」といってきた。

「本当にこれが最後ですよ」と念を押して、二一歳になったばかりの春、藍子は晴着をまとい、地元の顔役とその夫人や子どもたちと連れだって、海辺の町の、当時はまだ村だった垣内家へ向かった。着飾ってはいても、見合いではなく、ピクニックなのだから、気楽なものだった。

広い門をくぐると、芭蕉の大きな葉が迎えてくれた。一二代を刻む垣内の家で、何代目のときに植えたものかは誰も知らないが、樹齢三〇〇年はゆうに超えているだろうといわれる木だ。図鑑には芭蕉は二、三メートルの多年草とあるが、垣内の芭蕉は、四メートルを超える高さを誇り、細い茎に不釣り合いな若々しい緑色をした大きな葉が何層にも重なって、潮風にゆったりとゆれていた。沖縄ではこの茎の繊維で布を織るというが、この芭蕉でも衣裳が織れるのだろうかと、藍子は思った。

垣内病院を束ねる医療法人の名称「湛蕉会《たんしょうかい》」は、この芭蕉の一字を取って、義父の善夫が命名した。


同行者たちがさんざん飲んで、その目的も忘れかけたころ、見合い相手の善之は、ようやく座敷にやってきた。細面のきゃしゃな見かけの青年は、

「長男の善之です。患者さんが途切れないものですから、手が離せずに遅くなりました」

といって、酒盛りの輪から離れて座った。

「お初にお目にかかります」

「よくもまあ、こんな遠くまで来てくださったものです。きっと周りの大人が無理をいったんでしょう」

目を上げて正面から見た善之は、やさしく笑っていた。

「実は、昨晩初めて両親からあなたのことを聞いたものの、心の準備もできないので、お断りしようと思ったのですが。そういうわけで申し訳ありません」

善之は畳に両手をついて、頭を下げた。藍子にとってピクニックという見合いは唐突だったが、善之にとっても唐突で、まったく気乗りしていなかったのだ。

ともに次の言葉が続かず、藍子はうつむいたきり、善之はしばらく、腕を組んだり、ほどいたりを繰り返し、お茶を飲むだけで落ち着かない様子だったが、意を決したのか、話し出した。

「ぼくも正直なところ生涯の伴侶がほしいのです。しかし、この家の内情というのは、お嫁さんがほしいといえるような状態ではありません。構えは大きいけど、実際ははっきりいって、いつ沈むかわからない泥舟なんです」

「泥舟……」

藍子は、その意味を問いたいと思ったが、声にはしなかった。

「いやいや、泥舟というより、波風に翻弄されるちっぽけな笹舟です。泥舟だったら、まだ修繕のしようもありますけど」

と、小さくいった。

藍子は、笹舟とはなんとロマンチックなことか、と思って聞いていた。

「父は軍医として長いこと家を留守にし、その間、ほかの医者に肩代わりしてもらいましたが、そのころも今も経営がうまくいっているとはいえません。そこへもってきて、農地改革で農地を手放し、残っていた山林も財産税のために手放したり、詐欺同然の手口でとられてしまいました。だから笹舟なんです。残されたものは、重い暖簾と因習とかしきたりといった馬鹿げたものだけ」

善之は自嘲の苦笑をもらした。

この前年、垣内病院は、戦後の新しい法律の下、有限会社として出発しており、病床数は約四〇床を数える中堅病院だった。ただ、父も長男の善之も軍医として、長く家を空けていたこともあり、その基盤は脆弱だった。

藍子は黙って聞いていたが、率直な語り口に、好感を抱き始めていた。とはいえ、自分の境遇とはあまりに違う家の内情に、なんと答えていいものか、相づちの打ちようもなく、ただ黙って聞いていた。

「ぼくは、まだまだ勉強を続けていたかったんです。ところが、父と留守を預かってくれた医者との間に問題が続いて、といって父はその医者を自分ではクビにできないし、解決できないものだから、急きょ、ぼくを呼び寄せたんです」

ぐちが続いたことに、申し訳ないと思ったのか、善之は、口調を変えた。

「ああ、ぼくのことを話さなくてはいけなかった。ぼくは、大正一一年一一月、この家で生まれました。今年二六歳です。医者だった父の勤務の都合で、名古屋、岐阜で育ち、小学校四年のときにふたたびこの村の土を踏んだんです。物心がついたのが、海のない岐阜でしょう、ここへ戻って初めて近くで見る海が、とても珍しかった。だから、夏は朝から晩まで、泳いでいましたよ。この土地は、朝日が昇るのも海から、夕日が沈むのも同じ海なんですよ。朝日は左手から、夕日は右手側へ」

神経質そうな見かけによらず、話し好きな気さくな青年らしかった。藍子が小さく笑うと、しゃべりすぎに気がついたのか、

「それから中学進学で、また家を出ました」

と、経歴をざっと話した。

終戦間際になって東北地方の旧制医学専門学校を卒業、続いて陸軍軍医学校に入学したところまで一気に話した。その後、陸軍病院に勤務、終戦後は勉強をやり直

したく、新制大学となった母校の外科教室に入局、並行して岩手県の鉱山にある診療所に勤めていた、という話もした。

本来の見合いなら、こうした詳細を記した釣書を交わして、あらかじめの知識として持っているものだろうが、ふたりとも何も知らず、いま聞くことが初めてで、新鮮といえなくもなかった。

藍子は、今度は素直にうなずきながら聞いていた。自分もまた戦争によって女学校の高等部から大学へ進学する道を断たれた無念さを胸に抱えていたから、共鳴することが多かった。

善之は冷えた茶をすすると、いった。

「ぼくは戦争で多くの同世代の友人を失いました。一緒に机を並べていた友人、一緒に飛行訓練をした友人が、死んでいきました。ぼくも死ぬものと覚悟をしていました。しかし、たまたま生き残ってしまいました。死んだ学友にすまないという心苦しい思いがついて回っています。ですから、生き残ったぼくにできることは、人の命を救うことしかないと思っています。この命を捧げることです。これからは、命を預からせてもらうのです」

藍子も空襲で多くの友人を失った。また、医者の娘として、直接の戦火ではなくとも、十分な医療を受けられずに死んでいった命を数えきれないほど見た。

そんななかで、自分は生き残った、という後ろめたさと申し訳なさに苦しんだ。

善之が話すのを聞きながら、わたしはこの人と同じ思いを胸に持っている、と思った。この人となら、同じ方向に向かって歩いていかれる、と思った。

「若先生、こんなときにすみませんが、患者さんがお待ちですけど」

若い看護婦が障子の外から声をかけた。善之ははじかれたように立ち上がって、病棟のほうへ走っていった。

家に帰ると、言葉少なになった藍子を見て、母も父も、お見合いはやっぱり不調だったのだ、と判断した。これで迷うことなく東京へ帰れる。これでいいのだと安堵した。

ところが、翌朝起きてきた藍子は、開口一番、

「わたくしを垣内家へ嫁がせてください」

というのだから、両親は絶句した。先方で悪い薬でも飲まされたのかとまでいぶ

かった。

「わたくしは垣内に嫁ぎたいと思います。わたくしのようなものでも望まれるのでしたら、これまで一生懸命生きてきた経験を持って嫁ぎたいのです」

「とんでもない。結婚はそんなに甘いものじゃないんだ」

怒ったことのない父が怒った。

「半日お会いしたくらいでは、何もわからないでしょうに。そんなに急がないで、じっくり考えなさい。だって、あなた、学校の先生になりたいっていっていたんじゃないかしら。そのために東京に帰ったら、大学で勉強したい、って。これから大学へ入れれば、教師にもお医者にもなれるのよ。新しい時代の、ね」

母はさとすようにいった。

母のいうように、確かになんの期待もなく、たった半日会って三〇分ほど話しただけだ。だからこそ、お互いに飾ることも取り繕うこともなかった。素直に自分が出せて素直に相手を見ることができた、と藍子は思った。

お見合いでは結婚しない、自由恋愛で結ばれたい、と思ってきたわたしだけど、あのお見合いの席で、恋をして、愛を感じ、自由恋愛をしたのだ、と確信した。女学校時代に夢中になって読んだ『アンナ・カレーニナ』のように、『赤と黒』のマチルドのように、たとえ悲恋に終わっても、自由恋愛で結ばれたいと固く心に決めていた。その時がきたのだ。

「あの空襲の日、わたくしは火の海に飛び込んで、お父さまと一緒にたくさんの屍を乗り越えました。自分が生きていたのが不思議です。わたくしも死んでいてもおかしくない、といまでも思います」

見慣れた風景を焼きつくす炎、耳を刺す爆撃音、それにもまして人の焼ける凄惨なにおい、悪夢の日々が強くよみがえってきた。それらを振り切るように藍子はいった。

「戦争が終わって、これから新しく生きようとするわたしが、垣内で新しい道を選んではいけませんか」

長い沈黙が続いた。ようやく口を開いた父はいった。

「藍子がそこまで考えていうのなら、わたしにいうことは何もないよ。ただ、これからゆっくり勉強して、望む人と穏やかな結婚をしてほしいと願っていたから、親としては心苦しいのだよ」

戦火の中に飛び込んで青春を送った藍子は、今度は笹舟なのか泥舟なのか、いずれにしてもきわめて心もとない船であることに変わりはない、そんな舟に乗ろうとしているのだ。ふたりで永遠に漕ぎ続けなければならないかもしれない舟に。戦火の中には自らの意志で飛び込んだわけではないが、今度の笹舟には自分の意思で乗るのだと思うと、なんだか愉快だった。

「ありがとうございます」

いいながら、藍子は、自分ひとりでは、命を救う仕事はできないかもしれないが、善之さんとならできる、と思っていた。そして、それが、戦争で生き残ったものの務めでもある、と。

それから七〇年が過ぎたいま、藍子は思う。

笹舟であれ、泥舟であれ、乗り込んだのは自分の意思以外のなにものでもない。新しい時代の女として、自分で選んだ道だと自負してきた。けれども、それは、藍子の意思を超えた、宿命というものだったのではないか、と。

――目まぐるしい結婚生活――

一九四八年春、善之と藍子は結婚した。その生活も落ち着いてきたころ、善之は、地域の医者として患者たちからの信頼を得るようなってからも、医療者としてより成長したい、技術を身につけたいという思いをさらに募らせていた。

とくに肺結核の手術の腕を上げたいと思い立って、そのころ結核患者の治療と療養の病院といえばここをおいてない、といわれた国立療養所清瀬《きよせ》病院へ通っていた。列車を乗り継ぎ、国電で池袋に出て、西武線で清瀬を目指すのは一日がかりの小旅行だったが、善之は厭わなかった。

結核手術の第一人者の外科医A氏がいることを学会や専門誌で知って、いきなり訪ねていったのが最初だった。善之はきわめて冷静沈着な医師でありながら、若いときからこんな無謀ともいえる直情径行的なところがあった。自分の向上のために役立つ、必要とあれば、いてもたってもいられずにどこにでも出かける行動力だ。年齢相応の分別より、好奇心や野心のほうが勝っていた。

Ａ外科医は、善之の志を知ると、自分の後輩であり、ともに手術法を開拓してきたＢ医師を紹介してくれた。手術を見学させてほしいという善之に、Ａ医師は快く応じてくれ、善之は念願を果たした。

ここでの体験は、技術の習得もだが、その後の善之の、ひいては、垣内病院のありようを大きく変えた。

善之はここで受けた衝撃を、藍子にもそのまま伝えた。

「いままで見学した大学の手術室の雰囲気や、ぼくが考えていた手術に対するイメージとはまるで違っていた。ぼくは難解な手術であればあるほど真剣に、そして緊張のあまり深刻な気持ちになるんだけど、それが当たり前だし、そうでなきゃいけないと思っていたんだ」

藍子は静かに耳を傾けた。

「ところが、ここは医師の尊厳ぶった雰囲気が全然ないんだ。医師も看護婦も患者さんもみんな和やかな雰囲気の中で、相談し合い意見の交換をしながら進むんだね。

それにもましてびっくりしたのは、医者は細かい部分になると椅子に腰かけてやることなんだ。これだと不必要な緊張もなくなるし、疲れない。患者さんとの視線の位置が近くなるんだね。ああ、威圧感がなくなるなあと感心したね。もっとも、患者さんは麻酔がかかっているから、気がつかないだろうがね」

A医師もB医師も終始、にこやかに後輩にアドバイス、指導し、看護婦にも丁寧に指示し、見学の善之には、手術者の手元や進行が見えやすいように配慮してくれた。

「この見学で、手術とはこのようにリラックスしてやるほうが、確かに上手にできるということをぼくなりに理解したね」

「そうでしょうね。早速、手術室と手術の雰囲気を変えたんですものね。わたくしもそうですから笑えませんけど、せっかちなあなたらしい」

藍子のほほえみには、この人が自分の夫でよかった、としみじみ思う気持ちが込められていた。

やがて、B医師が月に二度ほど、わざわざ海辺の町の垣内まで通って胸成術の手術を手がけ、同時に指導してくれるようになった。その技術に学んで、自信を深めていった善之は、B医師が来る日は、前もって指導を仰ぎたいところまで手術を進めておき、B医師の到着と同時に、次の段階に進めるようにした。

こうした研究と工夫で、筋肉を切断しないで、肋骨の切除も最小限にすむように、したがって、機能障害や体型の変形を抑えたよりよい医療が提供できるようになったと自負した。

また、善之は、かねて念願だった結核療養所を松林の中に建てたいと、実行に移した。結核病棟をいっそう充実させるのが目的だった。

同時に、よりよい医療のためには、優秀な看護婦が必要だと思うようになった。すでにある養成所にまかせるのではなく、自分の病院で教育するための学校を設立しようと考えたのだ。

最新の機器といい、学校の設立といい、いずれにしても、金という背景がなくては一歩も進まない。夫の夢のために、夫婦ふたりの理想の追求のために、藍子の金策はやむことがなかった。

結婚の翌年春、藍子は母になった。予定日より半月も早く破水した。しかし、その後、陣痛の気配もなく、このままでは帝王切開をするしかないのか、と善之はじりじりして様子を見ていた。

舅の善太郎は、学位こそ細菌学で取得していたが、この自分の病院で、戦後は産婦人科を専門としていた。しかし、帝王切開など手術が必要なときは、若い善之が執刀し、善夫は助手に甘んじていた。そのほうが理にかなっていたし、患者や助産婦も安心していた。

藍子の第一子出産が帝王切開になれば、夫の善之が執刀することに決まっていた。ところが、善之は自分の妻だと勝手が違うのか、おかしいほど冷静さを失い、いつもの手順を忘れて、看護婦や助産婦にあきれられていた。

それでもなんとか帝王切開の準備が整ったところで、強い陣痛が始まった。なぜか善之はそのとき分娩室を飛び出して、納戸にこもってしまったので、それから長いことみんなにからかわれることになった。

大きな産声が上がると、

「でかした、藍子!」

垣内家は、藍子もとまどうほどの驚異の喜びにつつまれた。

一三代目となる総領息子が誕生したのだ。舅の善夫は、人が変わったかのように朗らかになり、家を継ぐ男児のそばを片時も離れたくないようだった。

初めて会った日、善之は家の重い暖簾と因習について語ったが、それから二年過ぎても、藍子という新しい風が吹き込んでも、重い暖簾と因習、家が大事の考えは戦争前となにも変わらなかった。だから、跡取りの誕生は、どんな手柄にも勝るものだったのだ。世継ぎは、太朗と命名された。

藍子は、長男に次いで年子で二男の次朗を出産した。しかし、育児に長い時間を割くことはできなかった。夫の善之はただでさえ忙しい本業のほかに、青少年を集めた剣道教室の指導者になり、さらに村の教育委員になり、奔走していた。

ある夜、近くの友人が訪ねてきて、いった。

「善《よっ》ちゃんよう、おれはほとほと役場勤めがやんなったよ。おれらがどんなに新しい時代の新しい村の建設に努力しようとしても、村役場でも漁協でも、どこもかしこも昔から牛耳っている親父ら長老たちに打ち消されてしまうんだ。なにが民主主義だよ。なあ、善ちゃん、おれたちで新しい村を築こうよ。今度の教育委員選挙に出てくんねえか。善ちゃんならば信用もあるしさ」

自分は医者だから、医に専念したいといったのだが、友人の熱意に押されて断りきれずに立候補し、当選したのだ。教育委員が公選制だった時代だから実現したことである。

そんな多忙ななかで、善之は「よりよい医療のためには、看護力が絶対必要条件だ」といって、準看護学校を建てたいといいだした。

この話には、善之が大いに憤慨した伏線があった。病院経営者を対象にした公的な研究会に出席したところ、厚生省の保険局長が、「十年後にはこの国の私立病院は存続できなくなり、公立のみになるだろう」と講演の中で話したのだ。

質疑応答の時間になったとき、善之は真っ先に手を上げて聞いた。

「わたしのところは先祖代々の私立病院です。自分の病院がどうしたらよい運営ができるか、今日は勉強に来たのですが、いまのお話では先行きが案じられます。それでは、私立病院はどうすればいいのですか、教えていただきたいのですが」

相手は木で鼻をくくったような返事をした。

「そんなにあなたの病院が大切なら、ほかに儲かることをやって、病院に注ぎ込むんですね」

善之は憤慨し、またもや負けじ魂に点火した。

もっとも、こんなアドバイスでよりよい医療を目指す善之をいなした人は、この役人だけではなかった。善之には親しくしていた私立病院長の仲間がいたが、ひとりはバブル時代に、「いまの時代、医療だけとはばかばかしい。投資の時代ですよ。絵画に投資しなさいよ」といい、また別の医師は、「いやいや、なんたって株でしょう。垣内くん、株をやらない手はないよ」といい放った。そして、何千万円、何億円の利益を上げたと自慢げに付け加えた。

帰宅した善之は、藍子に怒りと失望をぶちまけた。

「医者が絵や株を売り買いして儲けようだなんて、何を考えているんだろうね。絵は画廊が、株は証券会社が動かせばいいんだ。そうだろう、藍子」

蛇足を承知でいえば、絵画で儲けた病院長の病院はその後倒産し、株の病院は経営者がいつの間にか代わっていた。

ただ、晩年になって善之はしみじみともらした。

「あのときは、医者が医療以外のことに力を注ぐなんて、とんでもないと腹を立てたが、あなたが始めたなぎさ商店のおかげで助けられたこともあるんだ。病院が借金で首が回らなくなったときも、確実に日銭が入ってくるあの店には助けられたからね」

木の板の上に、町で調達した商品をそのままの値段で並べるというところから始まったささやかな事業が、本業の助けになっていたといわれて、藍子は、やせた夫の手をさすった。

愚直なまでに医療だけに没頭していた善之が、準看護学校を自前で設立したいといった気持ちを、藍子は誰よりもよくわかっていた。よりよい医療を担う看護婦を集めることは、喫緊の課題でもあったが、それだけではなかった。

善之は学生時代を過ごし、またその後勤務した東北の鉱山病院の時代を、なつかしみ、第二の故郷と呼んでいた。そこで世話になった東北地方の子どもたちを、垣内に呼びよせて、就職の世話を焼いていた。

夫婦が二児の親になるころには、病床数が九〇近くにもふえていたので、事務の仕事も看護婦の見習いも仕事はいくらでもあった。その看護婦志望の少女たちや、進学の機会のない子どもたちに学んでもらい、生涯にわたって生かせる資格を取得できる場を用意してやりたいと考えたのだ。

また、善之はこんなこともいった。

「医者は自分ひとりでなんでもできる気でいるが、ひとりの医者の力なんてたかがしれている。病院には看護婦がいて、薬剤師がいて、給食を作る人がいて、部屋の空調をみる人がいて、医療のごみを始末する人がいて、院内を清掃する人がいて、多くの人の力があって、医者の仕事ができるんだ。ことに、よりよい医療のためには優れた看護婦がなくてはならない。だから、なんとしても、自分のところで看護婦を育てたい、育てなければならない」

書類や法令などを調べてみると、垣内病院はすでに準看護学校設立の要件を十分に満たしていることがわかった。そこで善之の名で県に学校設立の申請書を提出した。

しかし、書類不備で突き返された。もう一度、書類を整え、念には念を入れて確認し、もちろん、事務方も念を入れて見て、再度提出した。しかし、またも「書類不備」という理由で受理されない。

こんなことを何度か繰り返して、困り果てた善之は、担当である役所の看護課に、「どこがだめなのか指導していただきたい」と尋ねた。「それは教えるわけにはいきません」という、予想もしなかった簡単な答えが戻ってきた。

その言葉の裏には、「私立病院がそんなことまでしなくていい。こういうことは国公立病院にまかせればいいんだ」という官僚の考えが透けてみえた。

これでは何度嘆願しようが、申請しようが、受理されるわけはないと、あきらめるしかないのか。知人の県会議員に相談すると、「なんとかしましょう」といって、こうした申請に詳しい元県庁職員を紹介してくれた。彼の手引きで、彼のいう通りの文言で書式を整え、藍子が県に持参した。「この書類に不備はございますでしょうか」と、あえて念を押すように聞いた。顔見しりになった担当者は一瞬ひるんだが、「お受けします」と、受理した。

結果を聞いた善之の、役人嫌い、権力や権威への嫌悪感がまた増した。

そんな奥の手を使ったかいあって、垣内病院付属準看護婦学校が設立された。校長は垣内善之である。寄宿舎も整備し、一九五四年四月の開校を前にして、地元の中学だけではなく、盛岡など岩手県内の中学校にも募集要項が発送された。八幡平の麓の中学には、校長と担任からの推薦制による入学制度も用意してある旨を伝えた。

生徒の学費は、病院独自の奨学金でカバーすることになった。定員は一五人というささやかなものだったが、志願者は六、七倍にもなり、結局第一期生は一八名を迎え入れた。善之が村の教育委員を務めていたことで、思わぬ恩恵があった。一般教養の教師の人選や招請がスムーズだったし、ひごろから善之がいくつかの国立病院や大学病院およびその教授たちとつながりを持っていたこともあって、専門科目の教師にも不足はなかった。

生徒たちは、まだ一五歳。「ハンカチ、ちり紙は持っていますか、どちらもつねに持っているものですよ」といったしつけの一から夫婦で教えた。ノミやシラミの中で育ってきた子も少なくなかったので、シーツの洗い方も重要な教科の一つだった。藍子は実質的な寮長でもあった。

校長である善之は、解剖生理や外科の講義を担当したが、試験を行ったある日、藍子に声を弾ませて話した。

「ぼくの考えていた解答よりも、正確な答えを記した生徒がいたんだよ。次に出題するときは、もっと慎重にしなければいけないし、ぼくも勉強を続けなけりゃいけないなあ」

垣内を信頼して優秀な生徒を送り出してくれた中学校には、藍子もわざわざ挨拶に出向いた。

金の卵といわれた中学卒の少年少女を乗せた集団就職列車が仕立てられる、十年も前のことだ。

――家族の受難と亀裂――

二男の次朗が生まれたとき、世継ぎがふたりになった、と舅姑は喜んだ。ただ、長男と二男の差別は露骨だった。長男は一日のほとんどを舅の部屋にいて、舅は診察の手がすくと長男相手に過ごした。おやつは舅あての到来物の菓子だった。二男は一緒のこともあったが、たいてい、「おまえはむこうへ行ってなさい」と勝手口のほうに追いやられていた。

そのたびにみどりが、「わたしとご一緒しようね」と次朗の相手になってくれた。

その二年後に三男が生まれた。三人目ともなると、藍子は何の不安もなく、ゆったり構えていたし、お産自体も軽かった。しかし、生まれてきた子は、いまでいう低出生体重児、当時の診断では未熟児で、しかも仮死状態のため産声も上げなかった。

一〇か月の妊娠期間を満たしながら、未熟児だったことに藍子も善之も、舅姑も衝撃を受けた。手厚い処置で、なんとか蘇生したものの、上の二人と比べると、その後の成長はあきらかに遅かった。

心労からか産後の肥立ちが悪く、体調がすぐれない藍子は、三男を連れて東京の実家へ戻った。その間に東京の大学病院で診察を受けた三男は、先天性の脳血管奇形、心疾患による重い障害を宣告された。明日になれば、明日の朝がくれば、きっと病気が消えて、たくさん乳を飲んで、たくさん笑って、やがて首もすわって、と母は希望をつなぐのだが、三男はなんら変わりはなかった。

藍子は自分を責めた。妊娠中に安静にしないで、金策に走り回り、なぎさ商店から株式会社なぎさ商会の設立に動き回っていたことが、負担になったのだと思うと、すまないと思うばかりで、かぼそい新生児を抱いて泣きくれた。両親や姉妹のどんな慰めやいたわりの言葉も聞きたくなかったし、受けつけなかった。

これまでに、垣内の病院で先天的、後天的な難病や大きなけがで治療を受けるたくさんの子どもたちを見てきた。その子たちも、その親たちも、こんな苦しみにまみれ、そして耐えていたのか、とはじめて思いいたった。

この報告を聞いた善之は善之で、医師でありながら、わが子の病状を見落としていたという、大きな挫折感につつまれ、自分を責めた。

藍子の両親が、傷心の藍子と子に会うために上京してほしいと懇願しても、善之は無視して、電話さえも避けた。藍子は、善之と話して、子どもにとって最適な道をさぐりたい、声が聞きたいと思ったが、何の連絡もなく、日が過ぎた。

あの善之が心変わりして妻と子を捨てるのかと、藍子は不信感を抱き、食事ものどを通らなくなった。心配した父が用意する点滴が欠かせなくなった。当然のこと、椛島の家族は激怒した。一方、善之の両親は、善之が藍子と子どもに一瞬でも会ったら、冷静ではいられないだろうと判断して、電話も取り次がなかったのだ。

心配した椛島の家では、こんな状態では藍子を垣内に返すわけにはいかない、といいだした。

離縁もやむをえないところまで、夫婦は追い込まれていった。

藍子には海辺の町すらうっとおしい地に思えてきて、三男とふたり、東京で生きていく決心を固めつつあった。看護婦学校で学んで、自立して生きればいいのだ、わたしにはそれができる、と自分に暗示をかけた。

ようやく、藍子が善之と直接電話で話せたのは、三男の手術が、藍子の兄の紹介による大学教授の執刀で行われると決まったときだった。手術のことは、すでに椛島の家から垣内の家に伝えられているが、藍子は、あらためて自分の口から夫に伝えたかった。その藍子に、善之は思いもよらない言葉を返した。

「大きなリスクのある手術をするよりも、障害のある子が伸びやかに暮らせるように、垣内の家を出て、しがらみのない土地で、家族水入らずで暮らそうじゃないか。賛成してくれるね」

生後半年にも満たない子どもの心臓の手術が、どれほど難しいものか、医師である自分にはわかりきっている。たとえ、どれほどの名医をもってしても、成功は望めないのではないか。考えに考えた末の結論だった。

返答に詰まった藍子に、善之は続けた。

「垣内の病院も、看護婦学校もぼくがいなくてももう十分にやっていけると思う」

「あなたがそういわれるなら、わたくしは反対いたしません。ついて参ります。ただ、一つ、お願いがございます。わたくしもきちんとした看護ができるように、看護婦学校に通って学びたいと思います。どうか入学させてください」

一気にいった。きっと賛成してもらえると思った藍子だったが、善之はいった。

「それはやめたほうがいい。人にはそれぞれ役割というものがある。必要とされる場所がある。藍子は看護婦になるより、どこに行こうともぼくの病院運営の片腕となってほしい。だから、今のままでいい。そして、三人の子どもたちの母親であってほしい」

善之は藍子の次の言葉を待たずに、電話を切った。藍子はあふれる涙を抑えることができなかった。

家を出るという思いを、善之は自分の両親にすぐに伝えた。たちどころに、父は大声をあげた。

「おまえたちがこの家を出ていくのは、一向にかまわない。でも、跡取りの太朗は置いていけ」

いつもは冷静な母も、「この母を見捨てないでおくれ」と取り乱して、涙を流した。

誰よりも家族を大切にする善之が、長男を置いて、母の懇願を振り切ってまで家を出られるはずもなく、この父親を説得できるわけもなく、あきらめる以外の選択肢はなかった。

三男は手術からまもなく、一歳の誕生日を迎えることなく死去した。

垣内病院は年ごとに充実した医療環境を整えていた。一方、藍子の兄は国立大学の医学部の助教授を務めていたから、一般の家庭では望むべくもない高度な医療が受けられる国立、私立の大学病院との太いパイプを持っていた。にもかかわらず、三男の命を救えなかったことは、夫婦の間に大きな挫折感をもたらした。

しかし、戦争中から多くの死を見てきた藍子は、これも自分の運命なのだからと淡々と受け止めた。正確には、受け止めようと努力した。森鷗外の作品『渋江抽斎』には、おびただしい生と死が記録されている。江戸末期の医者、抽斎は生涯に四回結婚し、その間に七男七女をもうけるも、次々と死なれている。医家にしてこうなのだ。それが運命というものなのだろう。人は死ぬものなのだ。

だからこそ、医学の進歩したいま、救える命を救いたい。無言のうちに夫婦は医療に全力を注ごうと決意した。

「日にち薬」という言葉があるように、また、こんな受容の気持ちで悲しみと向き合ったことが、前を向かせたのか、徐々に体力を回復した藍子は、半年ぶりに海辺の町の垣内の家に戻った。門を入って芭蕉の葉を見たとき、藍子は思った。

この木は百年、二百年、三百年たとうともどこへも行くことはできず、ここにとどまったままだ。けれども、つねに青々とした葉を繁らせ、目には見えないけれど、確実に成長して、新しい株を出して、生き続けていく。大きな葉は風雨で傷んでも、いつの間にか新しい葉を再生させ、若々しい緑をたたえている。

みずから望んでこの家に嫁いできた自分も、この芭蕉と同じようにこの地で着実に生きていくしかないのだろう、と。


三男の死からほどなく、四男・史郎が生まれた。よくよく男の子に恵まれている藍子だった。二年後、さらに五男・梧朗が、一年おいて六男の緑朗が生まれた。

二男の次朗は、「かわいい弟たちだね。ぼく、みんなのいいおにいちゃまになるよ。三輪車の乗り方を教えてあげる」などといって、あかずに弟たちの顔を見ていた。藍子と善之の夫婦は、小さいけれど、確かな幸せをかみしめた。

この年の春、次朗は兄の太朗と同じ幼稚園に通うのを楽しみにしていた。そこは、垣内家とほぼ似た歴史を持つ旧家の息子夫婦が、終戦と同時に開園し、海外、とくにドイツの幼児教育を参考にしたメソッドで運営している幼稚園だった。垣内家から歩くのは大人の足でも無理があった。しかし、そこに決めた舅は病院の若い事務員にいいつけて、車で送迎させた。

次朗は、大好きな兄の幼稚園生活の話を聞くのが楽しみで、「ぼくもおにいちゃまと同じ幼稚園に行くんだ」と、入園も楽しみにしていた。ところが、舅はこの次朗の気持ちを承知していながら、「おまえは近くの保育園へ行くんだ。送り迎えが大変だからね」と一蹴してしまった。どうせ車で送迎させるなら、ひとりも二人も同じことと、藍子はあきれたが、舅は聞き入れなかった。

幼い日の、こんな出来事が次朗の胸にこびりついて、ダメージとなり、ぼくはおかあさまに嫌われていた、と思うようになってしまったのだろう。

おにいちゃまと同じ幼稚園へ行く、と疑いもしなかった次朗は、保育園へ入園してまもなく、「保育園、行きたくない」といって、登園拒否するようになった。

だだをこねる次朗に、舅の善夫は「おまえは橋の下で拾ってきた子だ」といった。しかし、近くに次朗にわかるような橋も川もなかったものだから、「おまえは浜で拾ってきた子だ」といい直した。自分は家の目の前に広がる海をどこからともなく漂ってきて、この浜に流れ着いたのかと、幼い次朗が恐怖におののいたと思うと、次朗に申し訳なく、また母親である自分がなきものにされたような気がした。

世継ぎとそうでない子とで、ここまでかわいがり方が違うのかと思うと、やりきれなかった。不憫でならなかった。といって、それを夫にこぼすと、夫は青筋を立てて父親に向かっていくので、自分ひとりの胸の中にしまうしかなかった。

きょうだいを持たず、ひとりっ子でひたすら甘やかされて、わがまま放題に育った舅には、差別される弟、次朗の気持ちなど絶対に思いやれないのだった。

結局、次朗は藍子の実家が引き受け、小学校へ上がるまで東京で過ごした。藍子の妹である叔母と祖父母のもとでのびのびと育ててもらい、夏休みには海辺の町に帰って、兄弟たちと存分に海や病院のプールで遊び、子どもらしさを取り戻した。

四男以下の弟たちは長男と同じ幼稚園に入った。善之が父親に詰め寄って、有無をいわせず、入園を決めたのだ。ただし、病院の職員による送迎などとんでもないといい、自宅のお手伝いが路線バスで付き添った。

それも次朗にとっては、自分だけ疎外されたように感じられたのかもしれない。

――日本医師会の全国スト――

人は、夜、布団に入ると、今日一日の平穏に感謝し、明日の平穏を祈る。藍子も例外ではない。しかし、明日は何が待ち受けているのだろう、明日もまた何事かが起こる。藍子は毎晩そう確信してしまうのだった。

末っ子の六男、禄朗も幼稚園に入学し、ふつうの家庭なら、やれやれと一息つくときになっても、藍子は相変わらず金策に追われていた。善夫の跡を継いで、院長に就任した善之は、母屋と渡り廊下でつながった、昔のままの老朽化した本館を取り壊して、近代的な建物にしたいと構想を練っていた。

そんななかで、日本の医療史上、最も激しい医療闘争があったとされる一九六一(昭和三六)年を迎えたのだ。

この年の春に国民皆保険の開始が決定し、すべての医師が新しい保険医療体制に組み込まれることになっていた。明治以来、自由診療を基本としていた開業医は、この新しい保険診療体制を前に最低条件を勝ち取ろうしていた。

日本医師会は政府に四項目の要望書を提示し、回答を求めていた。政府に要望した四項目とは、診療報酬の値上げ（診療単価の三円アップ）、制限診療の撤廃、事務の簡素化、地域格差の改善であった。

制限診療とは、疾患によって薬剤の使用基準、治療方針が決められ、その範囲内の治療しかできないというものだった。たとえば、肺炎で抗生物質が使えるのは五日まで、虫垂炎の入院は五日までというように、細かな制限をつけようとした。いっぽう、医師の側は、そうした制限にとらわれずに、最良の治療を行いたいと主張した。しかし、それを許すと医療費は増大、保険財政そのものを破綻させると政府は反対した。

医師の不満、反発は大きく、「制限診療は国家統制のもとで、医療の国営化をつくるもの」と憤慨し、日本医師会は「あれもするな、これもするなの保険医療を改めよう」をスローガンに掲げた。また、自分たちの利得のためではなく、医師としての独立性を求め、患者の治療を最優先する人道的な立場からの主張であると反発した。

政府はこれらの要望に対してことごとく拒否。そのため二月一九日、日本医師会は、全国一斉休診、保険医総辞退といった実力行使を打ち出した。

このときの日本医師会会長は、「けんか太郎」といわれた武見太郎である。彼の率いる医師会は、全国の医院、病院に実力行使の通達を出し、対する政府・厚生省、自民党は収拾に奔走した。

折しも風邪やインフルエンザが猛威を振るう時期である。病人はどうすればいいのだ、大学病院が引き受けるのか、医師会のエゴだ、などとさまざまな声が飛び交った。

一月三一日の日曜日に一足早く東京都医師会は一斉休診を強行していた。

善之は、医師会の主張にはほぼ賛同していたが、診療拒否、保険医総辞退には断固として反対した。

「ぼくは一斉休診にはのらないよ。どんなときでも、どんな理由があれ、病人を診るのが医者のミッション。そうだろう、藍子」

「わたくしもそう思います。あなたのよろしいようにされたら……」

善之は、はっきりと反対を表明した。あわてたのは、地元の医師会だった。医師会の決定に従わない造反者が出ては、固い結束を誇る会としては困るのだ。

「医師会の指示に従ってほしい」

「たった一日だけのことじゃないか」

などと、使者がやってきて、さまざまな説得の言葉を尽くした。

しかし、善之は聞く耳をもたない。それでも最初のうちは、「医者が病人を診なかったら、医者ではなくなる」と反論していたが、そのうちに診療中を理由に、門前払いした。

医師会は除名もちらつかせたが、たったひとりの造反者を説得できないとは、あるいは、たったひとりの反対者だから、それをまとめきれないとは会の沽券にかかわると考えたのか、ついに医師会の理事が乗り出してきた。

善之は診察中で手が離せないので、母屋に通して、藍子が応対した。善之のような若い、一本気な医者とは違い、鷹揚に構えた、いかにも地方の医師会の有力者といった風情だった。理事は、「川端です」と名乗った。

「川端先生とおっしゃいましたら、岬の町の小児科の川端先生でいらっしゃいますか」

「はて、奥さんは東京の方だとうかがってますが、また、どんないきがかりで岬の町の川端をご存じなんですか」

「はい。ずいぶん前のことですが、わたくしの縁あるものから、あるお医者さまが岬の町の小児科の川端病院にいらっしゃるとうかがっておりまして」

「その、縁ある人って……」

呟き込むような口調で、相手は聞いた。

「わたくしの実家の祖父母が関東大震災で焼け出されたあと、千葉の成田に住んでおりました。そこに、おきぬばあやといって……」

藍子は、娘時代に祖母が問わず語りに語っていた話を思い出していた。細かな記憶は薄れているが、誰でもどんな境遇にあっても一生懸命勉強すれば、道は開けるというような教訓の中にまぎれていた、おきぬばあやの身の上話だ。

おきぬばあやは藍子の母付きの女中だった。藍子はおきぬばあやという呼び方しか知らないが、賢くて気立てのいい娘で、家族の誰からもかわいがられていたという。地元の大工と結婚するときは、藍子の家で嫁入り道具の一切を整えたという。

おきぬばあやは母になっても、折々に藍子の家を訪ねては手伝いをしてくれ、子どもの自慢話に花を咲かせた。

「うちはおかげさまで、どの子もいい子ばかりなんですよ。長男、二男はとうちゃんの後を継いで、なかなか腕のいい大工になれそうですわ。三男はなんでかしらんが、勉強がよくできましてね。トンビがタカを生んだのか、優秀なんですよ。だけど、こう子だくさんじゃ、とても中学にはやれないし」

藍子の祖母は、深く考えもしないで、「そのぐらい、あたしに出させてくださらない」といって、その場で学費を援助する約束をしたのだった。

藍子は、おきぬばあやという音が、ときにおいぬと聞こえたのと、トンビがタカを生んだというたとえが面白くて、記憶にとどめていた。

さらにその息子は、中学でも優秀な成績を修めたので、医専に進学するよう、藍子の祖母は援助を続けた。藍子が海辺の町の垣内と結婚すると決まったとき、祖母は、

「東関東ねえ。海辺の町ねえ。そういえば、おきぬばあやの息子が岬の町の川端医院に養子に行ったと聞いたわ。確か小児科だったはずだわ」

見ず知らずの土地に嫁いでいく孫を案じて、藁のような縁にもなんとか安心を求めようとした祖母のひとりごとだったのかもしれない。それだけのことで、藍子は

気にも留めなかったが、祖母の顔を思い出していった。

「おきぬばあやと呼んでいましたから、お名前はきっときぬ、それとも、きぬこさんとでもいわれたのでしょうか」

途中で遮って、相手はいった。

「その、おきぬはわたしの母です。ということは、奥さまは椛島のお嬢さんということで、すか」

「さようでございます」

「なんてことだ、わたしは椛島家には足を向けて寝られないのです。それくらいお世話になって、おかげさまでこうして医師会の理事を、医者を、やっていられるんです」

川端は、ソファから立ち上がると、次の瞬間、床に土下座してしまった。芝居がかっていて、藍子は思わず笑った。

「実のところ、今日はおれが垣内をのしてやる、といって出てきたんですが、大恩ある奥さんの前で何かをいえるわけがありません。その節はまことにお世話になりまして」

善之が、診察の手があいて、母屋に来たときには話は終わっていた。

この一件から、垣内を潰せの声もだんだん鎮まっていった。まさに実力者、川端の力だったのかもしれない、と藍子は思った。そして、祖母の無償の行為が歳月を経て、こんな形で恩恵をもたらしてくれるとは、なんと幸せなことかと感謝した。

一斉休診の二月一九日は日曜日だったが、垣内病院は、いつもと変わらず診療態勢を整えていた。

それから一〇年が過ぎて、健保法改正案をめぐって、武見会長率いる日本医師会は、七月一日から保険医総辞退に突入した。要は診療報酬の値上げをめぐっての対立だったが、日本医師会は「健保法改正案は保険財政の赤字対策にすぎない」として反対することを決定し、都道府県医師会に通知した。

厚生省の甘い観測を打ち破って四三都道府県が一致団結して、総辞退に賛同し実力行使に出た。このときも、善之は医師会の指示に従わなかった。「医者が患者さまを診ないなら、医者をやめるべきだ」と。

この件を記事にした新聞があった。「仁術の孤塁を守る」「数々の圧力に耐え　辞退返上」という見出しで美談に仕立てられていた。垣内病院は着実に地域になくてはならない存在になっていた。

かつて川端が会長を務めていた医師会の設立した病院は、岬の町一帯の地域医療を担っていたが、時代とともに赤字がかさみ、破産に追い込まれた。

昭和から平成へ時代が代わるころ、その病院の立て直しに、白羽の矢を立てられたのが、三〇歳台の働き盛りを迎えた五男・垣内梧朗だった。梧朗はその病院を核に医療法人、社会福祉法人を設立し、市町村の境を越えた広域医療圏を構築し、少子高齢化が進む地方都市での、新しい医療と福祉を担うモデルケースとして注目を浴びている。

藍子はしみじみと思う。「情けは人のためならず」と。そして、「日本一の病院をつくるのだ、いや、東洋一の病院にしてみせる』と口にして、ときには大言壮語、ほら吹きとまでいわれながらも、その構想を現実のものにしてきた夫の意志、実行力、疾駆する姿はこの息子の中にそっくり受け継がれている、と。その五男、梧朗を全面的に信頼して、協力を惜しまない六男、禄朗がいることも忘れなかった。

さらに遡れば、おきぬばあやの息子に、無償で学資を提供した祖母の血が脈々と流れているのだと思うのだった。

日本で初めてのオリンピック、東京オリンピックが開かれた一九六四(昭和三九)年、垣内病院は総合病院の承認を得て、秋には垣内総合病院に改称した。

その三年ほど前から、総合病院の名にふさわしい建物を、と新たな病棟の建築も始まっていた。しかし、建築資材も人材もオリンピック施設の建設現場にとられてしまい、海辺の町まで回ってこなかった。善之は趣味もあって、自分で建てるといいはって、職員の中から有志をつのり、地ならしなどの基礎工事を始めた。

ところが、砂利がどうしても入手できない。松林を抜ければ、広い砂浜が広がっている。しかし、塩分を含む海砂は建築資材の用をなさないという。藍子はつてを頼って群馬県利根川畔の砂利採集場まで出かけて、現場の親方と話をつけた。そればかりか、最寄駅から海辺の町まで貨物列車を仕立てて輸送する手はずも整えた。「女に、それも素人の奥さんに砂利を売るのは初めてだ」と親方は笑ったが、この体験は藍子の大きな自信になった。何事もやってできないことはない、という大きな自信をもたらした。

——病院の拡大と風当たり——

さらに数年後、八階建ての新病棟、通称アルファ棟が完成し、病床数四〇〇を数える総合病院に発展した。

かつて、一人の赤痢患者のために、結核病棟の廃止届を強制的に出させられた時代がうそのようだ。七〇年代になると、県のほうから、「枠があるから、結核病床を増床しないか」とすすめてくるようになった。その結果、結核病床だけでも一六〇余床になった。

さらに人間ドッグの開設、人工透析施設の充実などの必要に迫られて、十数年足らずで新たな高層棟建築案が具体化していた。通称ベーター棟の建築計画であり、約四三〇床の大病棟だった。

このときもまた、藍子は融資をしてくれる銀行に奔走することになった。それまでとは比べ物にならない額が予定されたので、今回ばかりは、理事長兼院長の善之も銀行との話し合いに同席し、新棟の構想を語り、垣内が抱く医療の精神を説いた。

その結果、メインバンクである地方銀行の末広銀行とエリア第一位の顧客数と預金高を誇る黒潮銀行の二行が、半分ずつ三億五千万円の融資を承諾し、担保も半分ずつの設定で契約が結ばれた。

善之は理事長として、これが最初で最後の大仕事になると思ったので、融資の話がまとまると同時に、意気揚々と建築工事に着手した。

ところが、契約を結んだにもかかわらず、突然、黒潮銀行から「融資はできない」と宣告された。黒潮銀行の突然の「できない」話はこれで二度目だ。寝耳に水どころの話ではない、藍子は銀行に走った。

しかし、「できないものはできない」の一点張りだ。「わたくしにおまかせくださ い」と、いって家を出るのだが、なすすべもなく、藍子は途方に暮れた。この融資が不調に終われば、もう一方の末広銀行も問題を負うことになる。藍子と末広銀行の頭取の協議が続いた。ともに「倫理にもとる話だ」と、腹をたて、ぐちをこぼしあった。しかし、ぐちっているだけではなにも進まない。末広銀行の頭取がすがったのは、商工中金の支店だった。

銀行の頭取が直接頭を下げてきたことに、先方は驚いたが、さらに、その紹介で、理事長夫人だという主婦が現われたことにも驚いた。しかし、度重なる面会を経て、先方はいった。

「地域の医療のために頑張ってこられた病院を潰すわけにはいきません。ただ、額が額なので、本店で協議してもらうよう、本店につなぎます」

続いて支店長はいった。

「わたしも戦中戦後を、命を懸けて戦ってきた人間です。これでも、いまは社会のために戦っています。なんとか、垣内さんの戦いに加勢しましょう」

「武装こそしていませんが、これは戦いなのでございますね」

藍子が思わずつぶやくと、

「ええ、丸腰の戦いです。地域医療のために努力している病院を、潰してはならないという情熱が武器でしょう」

共鳴した支店長が答えた。

情熱の武器は、きわめて有効に機能して、融資話はまとまった。

一九七〇年代半ば、新棟の建築に着工、二年半後の夏に完成した。

のちにわかったことだが、ここでも垣内を快く思わない医師会のメンバーや、垣内が支援する政治家の政敵と目される一族から、「垣内を潰せ」「金融で垣内を抑えろ」などと、たまたま頭取が交代したばかりの黒潮銀行にさまざまな圧力がかけられたのだった。

医師、病院の世界は狭い。

だからこそ医師会や病院会の結束は他のどの業界よりも固いが、一方、反目もひどい。どこかで大きな災害や事故があれば、全国の病院から医師が駆けつけ、協力しあって救護や治療にあたるが、その一方で、排除の力も強く働くのだ。

新棟、通称ベーター棟の完成を見たところで、善之は院長の椅子を、長男の太朗に譲った。医療界からの垣内への風当たりはこの新棟完成で、ますます強くなり、糖尿病も患っていた善之は、一線での戦いから身を引いたのだった。

第2章　医療か、金もうけか

――兄弟それぞれの分かれ道

藍子は、六人の男の子の母となったが、長男と二男、三男と四男、五男と六男とふたりずつ時を経ずして生んでいる。そして、それぞれふたりずつセットのように、性格が似ていると、藍子は思っている。

上のふたりは、どちらも甘えん坊で依頼心が強い。

中のふたりは心やさしい。三男は一歳にも満たないで死んでしまったが、生きていたら、きっと四男と同じように、芸術を愛する、物静かでやさしい青年に成長したと思う。

下のふたりはたくましい。行動力がある。

藍子は、母としてより、幼稚園教諭のような視線で、子どもたちを見つめて、性格を分析することがあった。

昭和から平成へと時代が変わっていくころ、その成人した五人子どもたちは、それぞれの道を歩んでいた。長男・太朗、二男・次朗、五男・梧朗、六男・禄朗は医師となり、結婚し子をもうけ、それぞれ短所も長所もあわせもちながら、垣内病院で働いていた。四男・史郎は医師ではない別の道を自らの選択で歩み始めた。

大人になった兄弟たちは、仲良く支え合って生きていくものなのだと藍子は信じて疑わなかった。

　そのころ、垣内への医療界からの風当たりは強まる一方だったが、その理由の一つに、善之、藍子夫婦の長男、太朗の離婚もあった。私事と公の病院運営と何の関係があるのか、と思うだろうが、それを無視できない事情が、垣内の家にはあった。

　江戸時代から、代々医業を営んできた垣内家は、善之で一二代目になるが、その六代目が、蘭方医学を学ぶために、この東関東の海辺の町から、はるばると長崎まで出向いたとき、同じ東関東出身の青年が一緒だった。青年は藩から派遣されたエリート中のエリートだった。

　長男の太朗が結婚した女性は、その青年の末裔にあたる某医療大学の有力理事の娘だった。古い歴史を知る人は、これもご先祖からのご縁だと祝福し、両家の喜びはひとしおだった。

　しかし、数年もたずに夫婦は離婚してしまう。ひとえに太朗の不貞だった。

　周囲および医療関係者の非難は、当然のこと、垣内の家に集中した。ひごろの太朗の言動を知り尽くしている藍子は、なにひとつ言い訳も反論もしないで、嵐が頭の上を過ぎていくのを待っていた。

藍子が長男の縁談のために特別に動いたことはない。「あたくしにおまかせください」と、病院建設の面ではこぶしをにぎりしめたが、子どもの結婚は本人の意思にまかせてきた。離婚も同様だ。とうに成人した大人の結婚にも離婚にも、口は出さなかった。

ただ、相手の女性にすまないと思った。誠実さとはほど遠い長男のいいかげんさ、奔放さは、妻に対しても変わらなかったからだ。せめて結婚し、家庭を持てば、素行もあらたまるのではと期待したが、期待をことごとく裏切られてきた。太朗のいいかげんな性格は、結婚で変わるはずもなかった。

太朗の行動には、彼の学生時代からどれだけ振り回されてきたかわからない。

医科大学に入学したとき、舅の善夫はすでに亡くなっていたが、医大合格を知ったら、さぞ喜んだことだろうと藍子は肩の荷を降ろした。医者にあらずば人に非ずと重圧のかかる家で、跡継ぎを生み、育てたのだから。

しかし同時に、善夫のことだから、「なんだ、私立大じゃないか」と蔑んだろうか、とも思った。

そういわれてもいい、夫の善之は父親に蔑まされた医専出身だが、患者に慕われる人格高潔な医師ではないか。その父の背中を見て育っているだろうわが子は、父親のような医師になるに違いないと信じて疑わなかった。

しかし、医学生になり、二十歳になった長男がまず勉強したのは、大人の遊びだった。銀座、赤坂、六本木と東京の盛り場を飲み歩き、京都の祇園まで足を伸ばし、ときに京都から舞妓を呼び寄せて、銀座でデートをしていた。冬になれば、銀座のホステスを引き連れて、北海道へスキー旅行に出かけた。

藍子は、飲み代のつけの支払いに走り回り、京都から上京した舞妓におみやげを買い与えた。あまりに世間を知らなかったのか、ただただ甘い母親だったのか、その両方であったのだろう、いまになって深い悔恨にさいなまされるだけだ。

太朗は当時の金で、銀座のクラブに六〇万円近い借金を作って、「おかあさま、なんとかならないかな」とすがりついてきた。大学卒の初任給が、まだ四万円に届かなかった時代の六〇万円である。学生の分際でと腹をたてながら、藍子は支払いのために、生まれて初めて、銀座のクラブの重いドアを開けた。診療に追われる夫・善之がそんなところまで足を運ぶ時間があるわけはない。ひとりで行くには心細かったが、行くしかなかった。

クレゾールやアルコールなど医薬品の匂いになれきった鼻は、出てきたママの発散する甘くきつい香りで、立ちくらみがしそうだった。それでも借金の端数まできっちり精算すると、「コーヒーの一杯ぐらい召し上がってってくださいませ」という声を振り切り、領収書をにぎって逃げるように走り帰った。


太朗は、海辺の町で小学校を終えると、中学から都内の私立学校に通わせた。そのために、南青山にマンションの一室を用意し、家事をまかせる家政婦もつけた。藍子の姉がなにかと気遣って通ってくれたが、しつけや監視までは、負いきれるわけはなかった。

この子を信じ続けていれば、いつか目が覚めて、勉強に、医療に専念するだろうと、藍子は待ち続けた。けれども、太朗は信頼を裏切り続けた。

むしろ、すんなり卒業できて、医師の国家試験にパスしたことが奇跡のようなものだった。医師免許をパスポートのように、免罪符のように、あるいは担保にして遊んだ。彼を知る誰もが、プロゴルファーかと揶揄するくらい、ゴルフ場にも通っていた。

何日も姿が見えないので、家族はもとより職員も総出で心当たりを探し回ったこともあった。そんなところに国際電話で、「いま、ロスにいるんだ。お金がなくなったから大至急送ってくれないか」といってきたときは、藍子も弟たちも、まさに絶句したものだ。

医療法人である病院の金に手を出されたら大事だ。藍子の財布のうちで処理するだけで、精一杯だった。

太朗が、父の善之から院長を引き継いだ一九七〇年代半ば過ぎ、太朗の離婚という逆風にさらされながらも、病床数は四五〇床をかぞえ、地域を代表する病院に成長を遂げていた。さらに、二四時間救急診療開始、ＩＣＵ床新設、脳神経外科開設、救命救急科開設、翌年以後もＮＩＣＵ新設、心臓血管センター、心臓血管外科、新生児・未熟児センターそれぞれの開設と、医師として自立した弟たちの働きもあって、病院の未来はまばゆいばかりに輝いていた。

その輝ける病院のリーダーとして、さすがの太朗も、責任を感じて、子どもじみた遊びはここまでで、今後は医療と病院運営に邁進してくれるものと、藍子は期待した。

――長男・太朗のていたらく――

しかし、太朗は変わらなかった。

昭和から平成に代わって三年、夫の善之が六八歳で亡くなった。糖尿病の進行に加えて、悪性リンパ腫だった。

その三年前、姑のみどりが八八歳で永眠した。午前中まで藍子に女学校時代の思い出を語っていたが、午後に急に気分が悪いといって、緊急入院した。枕元につきそっている藍子に、

「わたしのいまいるところは、医療の最先端よね」

と、つぶやいた。

「そうですとも。ですから、ご安心ください。善之も四人の孫も、おりますから、どうぞご安心を」

藍子の声が届いたかどうか、みどりは意識を失い、そのまま逝った。心筋梗塞だ

った。

高齢とはいえ、唐突な姑の死と違い、善之の死は覚悟できていた。悪性リンパ腫であると子どもたちから聞かされていたからだ。

「くれぐれもおとうさまには最後まで希望や夢をもたせてあげてください」

と、念を押された。医師である善之のこと、自分の死期をさとっていないはずがなかったが、本人には伏せられた。

「ぼくたちは、いつおかあさまに話そうかと、とても迷いながら話し合ったんです」

と、六男の禄朗に打ち明けられたとき、何があってもわたしにはこの子たちがいるのだと安心し、ただ善之の看護に専念すればいい、自分の使命はそれだけだと思って、安心を重ねた。

善之の遺言書には、

「葬儀は家族だけの密葬で。これ以上、藍子に負担をかけて、疲れさせるようなことはしないでくれ」

と簡潔に記してあった。本葬は遺言通り密葬ですませたが、病院職員の希望で、病院葬が執り行われた。とくに善之の誘いで東北からこの地に来て、病院の発展に関わり、医療者として自立した多くの職員は、先生とお別れできないなんて、と密葬を許さなかったのだ。

この善之の死去によって、長男の太朗が理事長に就任。垣内総合病院の院長には梧朗が就任した。

このころ、二男の次朗は「ぼくはいま、病院のことより、実業界に関心があるから」というので、家の順序でいえば、次男が就くべき院長職は五男の梧朗が継いだのだ。

理事長という重責を負って、垣内病院を率いる太朗は、今度こそ甘えを捨ててがんばってくれるでしょう、と藍子は期待した。彼が理事長だなんて大丈夫か、と危ぶんだ関係者は少なくなかったが、長男である太朗が理事長を踏襲する以外の選択肢は、垣内病院にはなかったのだ。

そして、このときも太朗は変わらなかった。またも藍子は裏切られたのだ。

平成に入ってまもなく、いくつかの自治体の要請で、病院はドクターヘリの体制を整えて、離島や山間僻地の救急に携わるようになった。海難事故による救急患者が搬送されてくるのは珍しくなく、いつなんどきでも受け入れていたが、医師がこちらからヘリコプターに乗り込んで現場へ向かうのは、新しい試みだった。

伊豆七島などの離島で急患が出ると、垣内に連絡が入る。連絡を受けると、医師は最寄りの海上自衛隊の基地へ行き、そこから自衛隊のヘリコプターに乗って、離島に向かうのだ。

離島にはまだ空港が整備されていない時代だったので、夜明け前の現地では住民が総出で松明や懐中電灯を手にして輪になって、ヘリコプターの着陸位置を知らせていた。

そのヘリコプターに乗る医師は梧朗と緑朗のどちらかと決まっていた。大きな危険を伴う仕事に、勤務医を乗せるわけにはいかなかった。

出動要請は時間を選ばない。要請があれば、間髪を入れずに、病院付きの車で航空基地まで走り、そこからヘリコプターに飛び乗る。現在のドクターヘリには、医師や看護師のための席もあるが、自衛隊機の限られた座席は患者のために空けてあるから、ドクターは倉庫の部分にうずくまって乗るのだ。

深夜であれば、現地に着陸できる夜明けの時間を逆算して離陸する。先方にヘリポートがあるわけではなく、あたりがいくらか明るくなるころ、開けた草地などに地元の人たちの灯をたよりに着陸する。その光が見えるまで海上を旋回することも多々あった。その間の恐怖は何度経験しても慣れないだろう。風の強い日はいっそう緊張するという。

あるとき梧朗が、「大丈夫ですかね」と操縦士に聞くと、「いやいや、大丈夫ではないですよ。墜落の危険性は十分ですから」と率直にいわれたという。いわれてみれば、乗員は救命具をつけている。それなのに、ぼくは白衣だけではないか、と急に恐怖にかられて、梧朗は次の搭乗に備えてダイバーが着るドライスーツを買いに走った。しかし、水中に潜るわけでもなく、長時間スーツを着用していると頸動脈を圧迫されて命にかかわると聞かされ、購入をあきらめた。そんな笑い話もある。

患者をヘリに収容すれば、そこで間髪を入れずに治療が始まる。看護師も助手もいない機内で気管挿管もする。吐瀉物にまみれることも、血まみれになることもあった。

家で待つ、梧朗と禄朗のそれぞれの家族も藍子も、飛び立った日は、無事に病院に戻るまで、食事もとる気になれなかった。

ある夜ふけ、梧朗と禄朗はタクシーに同乗していて、交通事故に遭った。その日は台風のため電車が止まってしまった。帰宅の足を奪われたふたりはそれぞれ責任者を務める町外のクリニックからタクシーに乗り合わせて海辺の町に向かった。そのタクシーを追い越そうとした乗用車が、スリップして空中を舞ってタクシーにかぶさってきた。梧朗は顔面を打ち、禄朗は足をやられた。

駆けつけた救急車に、ふたりは事情を話して、最寄りの病院ではなく、特別に管轄外の垣内に向かってもらうことにした。ふたりとも痛みをこらえて、より大きなけがを負った運転手の治療をしながらだった。

一報を受けた藍子は生きた心地がしなかった。ベッドに並んで、「おかあさま、心配かけてすみません」と声をそろえたふたりに、涙した。

翌朝、ふたりが鎮静剤や睡眠剤でまだ眠らされているところへ、ドクターヘリの緊急出動要請が入った。ふたりの病室にやってきた長男の太朗がいった。

「離島に飛んでくれないだろうか。梧朗は無理でも禄朗は足だけだから平気だろう」

それまでどんなときでも大声を出したことのなかった藍子が、激怒して太朗を怒鳴りつけた。

「なんということをいうのです。緑朗は足を骨折しています。梧朗の顔の腫れを見ましたか。そんなふたりを目の前にして、あなたはよくもそんなことがいえますね。ここは、理事長でもあるあなたが行くべきです。行きなさい！」

激しい剣幕に居合わせた看護師がふるえた。ベッドの中のふたりもふるえたし、それ以上にびっくりしたのは太朗で、あわてて病室を出ると、航空基地に向かった。

藍子は、あとにも先にもあんな怒声を発してしまって、と思い出しても恥ずかしい。だが、梧朗と緑朗が医療者として身を粉にして働いたこんな日々の積み重ねで、垣内は信頼を築いて成長を遂げてきたのだ。建物が立派だからなのではない。歴史があるからではない、診察室の椅子で患者を待っていただけではない。医療者として自分たちにできることはなにか、それをつねに考え、働いてきた。

その後、太朗のあまりの体たらくに、太朗は理事長職を解かれ名誉理事長という病院の経営にはタッチできない職につき、二男、次朗が理事長となる。

次朗が理事長に就任するとき、危ぶむ声がなかったわけではない。

理事長の太朗の後任は、太朗の解任に積極的だった梧朗を推す声が、病院の幹部からは多かった。藍子もそれがいいと思った。しかし、家督を継ぐのは長男で、長男でなければ二男が、という長幼の序で安心する慣習に、この近代的な病院でもとらわれていた。梧朗自身もあっさり自分の理事長就任は否定し、次朗に決まったのだった。

梧朗は、医療者としてのみならず、退院後の高齢者の居場所をどうするかといった課題解決のために社会福祉法人を立ち上げ、忙しくしていた。患者をよく見ている医療者ならではの視点だ。そして、この社会福祉法人の設立は、晩年の父・善之の悲願だった。

医療者ならば、例えばこんな場面に遭遇する。いうまでもなく、病院は病気やけがを治療して、回復させるのが仕事である。治癒した患者は、家に戻るのがふつうだ。しかし、すべての患者が退院を祝福されて、喜び勇んで帰宅するとは限らないのが、現実だ。帰る家のない患者もいれば、待っている家族のない患者もいる。病院にいられなくなったが、その後の行き場のない患者も少なくないのだ。

「おめでとうございます。もうすぐ退院ですよ」

と医師が退院予定日を伝えると、

「もっと先まで置いてもらえんでしょうか」

「いま、家に戻されても面倒みきれんですわ」

と、困惑する患者も家族もいたのだ。

そのたびに、善之は、できることならいつまでもいてほしいと思うのだが、次の入院患者が待っている以上、治療を終えた人を、入院させておくわけにはいかなかった。

家に帰りにくい人たちが安心して過ごせる場所を用意しなければならない。それこそが高齢化、過疎化が進む地域の最優先課題ではないか、と善之はいい続けた。その構想の途中で逝ったのだ。

五男の梧朗が社会の要請を受けて、社会福祉法人を設立し、父親の構想をはるかにしのぐ、保育・子育てまでを包括した事業を行っている。

こうやって築いた信頼、この信頼こそ財産であって、この無形の財産が、さらに信頼と財産を築いていくと藍子は信じて疑わない。

――二男・次朗のバブル破綻――

二男の次朗が三〇代半ばにさしかかるころ、世の中はバブル景気がはじまった。私立一貫校である中学高校の同級生や先輩から、これからは経済の時代だよと吹き込まれたのだろう。実際に友人の中には、著名な財界人の子息が多く、彼らのほとんどは海外留学を経て、金融や商社で活躍していた。

「ぼくは実業家になるよ。医者よりも実業家向きの人間だと思う」

とある日、突然、宣言した。

「一日、外来にいて診察して、診療報酬を得たところでなんぼのもので、月の稼ぎなんて知れているんですよ。入院患者の受け入れだって利益を出すには限度がある。そこへいくと、事業で一発当てれば何千万円、何億円という現金が入ってくるんですよ」

次朗はそういった。

「そんな事業と、医療を一緒にしないでちょうだい」

藍子が笑って返すと、なおもいった。

「おかあさま、ぼくが事業で成功したら、病院の運営だって楽になりますよ。病棟の新築、改築、自在ですよ。融資に駆けずり回らなくてもすみますよ」

「そんなにうまくいくかしら。お手並み拝見ね」

藍子は本気にしなかった。ふたりの弟は、

「医者としてまともに働けないやつが、事業だなんて、浅はかにもほどがある」

と憤ったり、笑いものにした。

しかし、次朗は本気だった。それでいて、理事長の職を手放すとはおくびにも出さなかった。理事長の肩書を、新たに手がける事業にフル活用するつもりだったのだろう。

手始めに藍子が興したなぎさ商会の代表権を、いつの間にか藍子から自分へと移した。さらに藍子の実家・枇島の祖母の所有で、その死後、長い時間が経ったものの、誰も相続手続きをしてなかった首都圏有数のターミナル駅周辺の土地を、売りに出したのだ。その金でビジネスホテルを建設し、新都心にメディカルクラブつき会員制ホテルを建て、ゴルフ場開発、リゾート開発の会社を設立し、とバブルそのものの経営を次々と打ち出した。

これは藍子にとっても、弟たちにとっても、全く想定外の動きだった。相続人全員の協議もなく、祖母の土地を勝手に名義変更したり、売却したりしたことは、私文書偽造などの背任行為以外のなにものでもない。しかし——藍子も弟たちもこの事態はずっと後になって知るのだが、その時点で知ったところで、梧朗も禄朗も日々の医療に追われて、対策を講じることはできなかっただろう。

うかつといえばうかつなことに、藍子も梧朗、禄朗も、実印も認印も理事長室の金庫に入れっぱなしだった。次朗が自由に使えたのだ。

富裕層を対象とした健診サービス・医療ケアつきの会員制ホテルの設立は、「さすが垣内だ」と、一部のメディアから称賛された。保険診療の限界を突破する新しい医療の形だとか、医療ビジネスで置き去りにしてきた収益性を重視する経営だとか、持ち上げられた。次朗はそうしたメディアに登場し、いっぱしの実業家をきどった。日本医師会の方針にそむき、たったひとりで患者のために病院を開けていた父に、次朗が学んだものは何もなかったのだ。

ビジネス情報誌や投資家が、「これからはＢＲＩＣｓ（ブリックス＝投資で伸びた途上国）の時代だ」といえば、そうした国々の事業に投資したり、そこで事業を立ち上げようとした。

たまに藍子の住まいに顔を出すとワイン片手に、「おかあさま、今度の事業はロシアです。一緒に行って、ぼくの会社を見るついでに、エルミタージュ美術館へ行きましょうよ」「ブラジルでフラシュコ食べて、本場のサッカーを見ましょう」などと藍子を誘った。そんなときの口ぶりは、実に楽しく、うまかった。

それを聞いていた藍子は、次朗の浅はかさに気づくこともなく、グローバルに活躍するわが子を、いくらかは誇らしく胸のどこかで思っていたのかも知れない。

実業家に転じた次朗は、三千万円を超える高級車を購入し、専属の運転手を雇い、後部座席にどっしりと座った。金と権力にとりつかれたわかりやすい姿だった。

この車で夏は観光客の渋滞に巻き込まれ、裏道に逃れれば、地元の軽自動車とすれ違うことも容易ではなかった。

「次朗あにき、どうかしてるんじゃないの。この海辺の町で東京ナンバーのどでかい高級車で、狭い道をよろよろ走って、何が楽しいの」

弟たちがからかうと、

「エグゼグティブにはエグゼグティブのつきあい、ふさわしい身なりってものが必要なんだよ」

と本気で怒った。

「まわりに流されやすい次朗あにきに実業家のセンスがあるとは思えない。医者としてのセンスも疑わしいけど」

弟たちは露骨に批判した。回りまわって次朗の耳にも入ったのだろう、院内ですれちがっても、次朗は目を逸らし、口もきかなくなった。

弟たちの評価に、藍子は自分の分析を付け加えた。

長男と二男の気質は、うまくいけばすべてが自分の力、失敗すればすべて他人や周囲のせいにし、自分では決して責任を負わない、と。

自分たちは特権階級だという意識も強い。

自分たちは生まれも育ちも選ばれた人間だから、ふつうの人々が働いている時間にゴルフ三昧であっても、高級車を乗り回してもいいのだ、と心底思っているのだ、と。

同窓会などを通して出会った著名な企業家や政治家には、「ぼくの病院」を大ていに宣伝し、理事長権限で、特別の格安料金でＶＩＰルームである個室を提供した。先方は喜ぶけれど、担当医や看護師は疲れ果てた。医療よりもご接待の性質が強いからだ。

とくに自分の妻の家族は特別のなかでも特別の扱いをしているうちに、妻の実家の人々もすっかり慣れてしまい、わがままをいって担当看護師を困らせた。

「また、あのご家族が検査入院なさるんですって。藍子理事、なんとかなりませんか」

ベテランの看護師が、藍子にぐちをこぼすが、藍子はそれを聞いてやることしか手立てがなかった。いまさら母親の忠告を聞く息子ではなかった。

病院内での兄弟げんかの原因にしても、次朗が「ＶＩＰを優先して診ろ」「個室を空けてくれ」といった指示を出すのに対して、弟たちが、「そんなことはできない」と突っぱねるというもの。医療方針をめぐってというような決して高尚なものではなかった。

長男と二男のふたりはそれぞれ海外留学をしていて、経営や医学をかじった経験もある。その場で、ノーブレス・オブリージュ（身分の高い者が果たさねばならぬ社会的責任と義務）も学んだのではなかったか。

同時に、このふたりには何をいっても、通じないだろうとあきらめの気持ちも大きかった。

――四男・史郎が選んだ道――

男ばかり五人の子のうち四人が医師になった。長男、二男、五男、六男だ。先天性の障害を持って生まれた三男は生後一年を待たずに亡くなった。三男の死後、悲しみに沈んでいた藍子を立ちなおらせたのは、四男、史郎の誕生だった。

夫の善之や姑のみどりによく似た細面の、見るからに繊細な赤ん坊で、三男を亡くした藍子は、何があってもこの子の命を守らねば、と自分に誓った。

史郎は月齢が進んでも、ひ弱で、一年中熱を出したり、咳き込んだりして、垣内病院の小児科が遊び場であり保育園のようなものだった。三男と同じ目に合わせてはならない、とそればかりを考えた。

そのために、兄や弟たちのように都内の学校で学ぶこともなく、地元の公立中学、高校に通った。高校を卒業するとき、

「ぼくは、医者にはならない。医者にあらずば人に非ず、といわれるこの垣内を出て、自由に生きていきます。ただ、いまのぼくには自由に生きるだけのお金がありません。美大の入学金だけ出してください。あとはアルバイトで学費も生活費も稼ぎますから」

と、藍子に頭を下げた。

藍子は驚いたが、五人もいるのだから、ひとりくらい医師にならなくてもいいだろうと、許した。善之は、「あの子の持って生まれたやさしさは、ほかの四人とはまた違って、いい医者になるだろうに残念だなあ。でも、それもいいだろう、あの子の人生だ」といって、違う道に進むことを受け入れた。

人は誰も生まれる家を選べない。親も選べない。親もまた生まれてくる子を選べない。それが運命というものなのだろう、と藍子は思う。

でも、いつだったか、こんな話をある宗教者から聞いたこともある。仏教では、子どもは自分の意思で、親を選んでその母の胎に宿るのだ、と考えるのだと。だか

ら、子は、「産んでくれといった覚えはない」と親を恨んではいけない、と。わたしの子どもたちにも、この教訓は生かされるのだろうか、とつらつらと考え、わたしらしくもない考えだわ、とひとり苦笑した。

史郎は中部地方の美大で彫刻を学んでいたが、藍子との約束通り、入学金以外、一円の無心もなかった。安いアパートを借りて、自炊をして、好きな彫刻に打ち込んでいた。藍子が訪ねて行こうとしても、「部屋は狭くて寝るところもないよ。教材で散らかっているし」と拒んだ。たくましく成長している証だろうと想像して、藍子は、誕生日や正月、進級の時季にいくばくかの小遣いを送るだけでがまんした。

一九七〇年代半ばの春の一日、善之・藍子夫妻の銀婚式の祝いが開かれた。藍子は「往復の旅費を送るから」と史郎にも出席するようにいってやったが、「そんな晴れがましい席なんて。ぼくは遠くからご両親のお幸せをお祈りしております」という返事がきただけだった。

「卒業したら美術教師になって、海辺の町へ帰ります」というので、その日を心待ちにしていた。けれども、この約束は破られた。

「申し訳ございません。おとうさま、おかあさま。ぼくは九州で暮らします。彫刻以上にやりたいものが見つかったのです。それは焼物です」

と記した短い手紙が、佐賀県内から届いた。大学の同級生と一緒に、焼物の工房に住み込んで、陶土にまみれていると続いていた。

次にきた手紙は、史郎にしては長文で、結婚したこと、相手は大学の同級生で工房のひとり娘であり、したがって、自分の姓が垣内から吉村に変わったこと、「こんな大事なことを、垣内家のみなさまに一言の相談もなく決めてしまったことを、どうぞお許しください」と結んであった。

お許しくださいもなにもあったものじゃないでしょ、と藍子はそばにいた家政婦にまで当たったが、四人の兄弟とは違い、小学校から高校まで地元ですごした史郎は、「おまえは垣内の息子、将来は医者だよな」と友達からも教師からも決めつけられた重圧と呪縛の中で、必死で堪えていたのかもしれない、と初めて思った。

善之が死んだとき、史郎は二十数年ぶりに海辺の町に帰り、藍子や兄弟と再会した。毎日、土をこねているという体は、見違えるようにたくましくなって、着慣れない喪服がいかにも窮屈そうだった。

通夜の席で近況を尋ねる藍子の手を、土の匂いのする両手で包み込んで史郎は話した。短く切りそろえた爪の先に、陶土が入り込んで灰色になっていた。もうすぐ妻の美和が出産予定であること、女の子が生まれたら、「おかあさまの藍にちなんで、愛子と名づけると決めていること」などを打ち明けた。続いてこんなこともいった。

「垣内の家は、おとうさまで十二代目ですが、吉村の家もなかなかなんですよ。美和で八代目か九代目になるんです。代々、藩の御用窯を務めてきたんです。だからといって、いまどき伝統で売れるわけもないんです。ですから、ぼくらは伝統に縛られるだけではなく、今を生きているぼくらの叫びのような作品を創ろう、って話しているんです。もちろん、伝統的な陶磁器も作っていますが。毎年五月の連休には焼物まつりで、それはそれは町中がにぎやかです。おかあさまもぜひ一度来てください」

それから思いをかけないことも話した。

「実は、ぼくも医者になろうかなと思ったことがあるんです。高校時代に毎日、海を見ながら、船医になるのもいいなあって。ほら、北杜夫の『どくとるマンボウ航海記』です。あれにあこがれたんです。でも、うちには医学部に入ったお兄《にい》がふたりもいて、ふたりの弟もきっと医者になるだろうから、ぼくが無理してならなくてもいいんだろう、って。実際そうなりましたよね。一家に五人も医者はいりませんよね」

医家に生まれ育って、医師にならなくても、それに勝るとも劣らない充実した日々を過ごしているから言える言葉だと、藍子は勝手に思った。

善之の遺産の史郎の取り分に、藍子は自分の預金からいくらかを上乗せして送った。史郎からは、新しい窯を購入し、さらに若い仲間たちと開く展覧会の費用に充てるという、喜びの手紙が届いた。

愛子と命名された娘の、きかんきな顔写真も添えられていた。

経済史年表によると、一九九一（平成三年）三月から九三（平成五）年一〇月までの景気後退期を、内閣府景気基準日付でのバブル崩壊期間（第一次平成不況や複合不況とも呼ばれる）と設定している。

バブルは崩壊したのだ。しかし、あろうことか、次朗が新しい事業である健診サービスつきの会員制ホテルの建設を手がけるのは、この崩壊の兆しがはっきりしてきた一九九一年なのである。翌年にはリゾート開発にも乗り出した。

彼は運転手つきの高級車の中でますますふんぞり返って、大実業家を気取っていた。

そして、次朗の会社のほとんどは倒産した。創業と倒産がわずか、、二年の間に、ほぼ同時に進行した。副理事長の権限で、病院の運転資金も自分の事業に流用していた。流用というより区別をつけていなかった。

当時まだ理事長だった長男の太朗は、この状態をわかっていたはずだ。しかし、黙って見ていた。というより、彼には手の打ちようもなかったのである。

融資を受けている金融機関は、医療法人のリストラを迫った。次朗への融資は、垣内総合病院の後ろ盾があったからにほかならず、病院がなければ、どこの金融機関も無視したのはいうまでもない。ここで金融機関の主導でリストラを断行したら、医療機関としての存続はない。さすがの次朗も太朗もあわてた。

次朗を待っていたのは、夜逃げ、自己破産しかなかったはずだ。

あわてた次朗は、懇意にしている岡本雄一郎弁護士にすがりついた。岡本は、金融庁の新しい中小企業金融の法務に関する研究会委員を歴任するなど、企業の倒産について詳しく、次朗の事業にこれほどふさわしい弁護士はいないといってもよかった。

彼の紹介で、太朗、次朗兄弟は公認会計士を紹介される。

経営再建を依頼された公認会計士の山村謙太は、垣内総合病院の財務諸表を見て、とうてい自主再建できるものではないと判断した。

医療収益二百五十億円。従業員千七百名。債務超過五十億円超。期間利益はトントンながら、大幅に粉飾されている、とひと目で見抜いた。さらに一歩踏み込んで、長期間にわたって粉飾決算を重ねてきたために、経営者自身もメインバンクも経営の実態を把握できてないと判断するしかなかった。

もっとも、これまでにもこんな事例は世の中に珍しくなかったし、だからこそ、自分のところに依頼がきたのだと考え、垣内総合病院の再建に一肌脱ぐことに同意した。

粉飾という言葉に、藍子は卒倒しそうになった。

「この垣内病院で、わたくしの手塩にかけた病院で、粉飾ですって?」

病院の経済状態は、つねに汲々として余裕はなかった。しかし、どこからも後ろ指さされるような、虚偽や虚飾はなく、透明だったはずだ。

いったい、誰がこんな恥ずべき結果を招いたのか。

誰のせい?

嘆いても何の役にも立たないことはわかりきっていた。もともと病院の経理には一切タッチせず、お金が足りない、なんとかならないか、と夫にいわれれば、銀行や実家に走り、都合をつけてきただけで、帳簿を見たこともなかった。見てもわからなかっただろう。

さらに夫の善之亡き後、病院のことはすべて四人の息子にまかせてきた。すべてが順調だと信じて疑わなかったのだ。

いうまでもなく、借金のほとんどは、実業家になると宣言して転身した次朗によるものだった。次朗は実業家としての自分の借金のほとんどを、病院の経理にすり替えたのだ。

祖母の土地の売買代金など巨額を注ぎ込みながら、なおかつ、倍する借金を金融機関にしていた。ことに、外資系の銀行に多額の融資を仰いでいた。それでも回らなかったのだから、経営のセンスなど、弟たちが危惧したようにまったくなかったのである。

二百億円を超える負債のほぼすべては次朗のこしらえたものだったのだが、垣内グループとして社員会も理事会もその責任を負うこととなった。同族企業ゆえに、次朗ひとりに責任を負わせようとは、母も弟たちも考えなかったのだ。その温情が、歳月を経て現在の梧朗院長交代に仇となって表れたといっていい。このとき彼を自己破産させ、理事会から追放すべきだったのだ。

この再建会議において、公認会計士の山村謙太は、

「人的なリストラは一切しない。技術と金利は交換しない。院内設備・機器の整備に投資する。総合医療情報システムの特徴をいかす」

とまずは藍子にもわかるような方針を示した。

人的リストラをすれば、高度医療を担う民間基幹病院としての役割をそぎ、なんの特徴もない病院にしてしまう。金融機関主導の再建では、債権回収が優先されて、医療機関の起爆力となるべき人材と技術が失われてしまう。信頼される先端の医療は、医療設備や機器に負うところが大きい。したがって、医療設備や機器への設備投資は続け、職員のやる気や向上心をそがない。同時にすでに設置されている情報

システムは生かし続ける。

医療とはなんであるのか、を理解した再建案に、藍子は安堵した。

また、山村は、同族経営の弊害を承知の上で、家族の結束を呼びかけた。シビアな再建計画の中で、きわめて情緒的な判断を下したものだと藍子は思ったが、亡き夫の意志を継ぎ、一〇代、一一代と連綿と続いてきた垣内家を守るためには当然の心得であって、異存はなかった。

そのうえで、会計処理の正常化、数値目標の水準選択を明確にすること、関連会社の経営を分離して、独立採算を確立すること、などを説かれ、全面的に信頼した。子どもたちもこの指示にしたがって、再建に邁進してくれるものと信じた。

山村の前で、次朗は誓った。

「経営環境の変化や金融機関などの利害関係者のせいではなく、自分たちの経営姿勢がなっていなかったのです。今度は失敗しません」

藍子もふたりの弟も、ほかの理事たちもこの言葉を信じた。

行く手にほのかだが光が見えてきたのだ。

だから、何度目かの理事会の席上、山村が、「ママを排除しろ」と発言したとき、潔く身を引いたのである。山村は、バブル時代の清算がすんでいない息子たちにも厳しかった。

加えて山村は次朗に対し、

「リスクを念頭におかず計画し、甘い言葉にすぐつられ、ピンチになると冷静さを失くし、動揺する、口先だけ、金融機関等の言動に過剰に反応する」

などと批判した。

「国や厚労省の補助金支給という情報がちらつくと、それだけで本来必要のない案件にまで手を出そうとして、結果として莫大な負債をかかえたのでは」

と指摘した。

「いいですか、補助金の対象は、開発費用に対してと限定されるのがふつうなんですよ。その後の運営費や更新の費用はどうするつもりですか」

と山村はかんでふくめるようにいった。

藍子は、はるかな昔、夫の善之が銀行から「運転資金はどうなさるおつもりですか」と聞かれて、「はあ、そのようなものが必要ですか」とのどかに答えて、銀行をあわてさせたことを、いまさらながらのように思い出した。数学には強いけれど、実際の数字は読めない一族なのかもと思うと少しおかしかった。

一族にとって屈辱的な指摘と指示もあったが、倒産を逃れるためには、受け入れるしかなかった。自助努力に加えて、診療報酬の改定、小児科への公的な補助などが重なって、収益はわずかながら改善し、希望の光が見えてきた。

その間、ひたすらかけずり回ったのは五男の梧朗と六男の禄朗であり、ふたりの苦労に、藍子は母として、またかつての理事のひとりとしてどう報いたらいいのかとまで考えた。

母の興した会社を潰してはならない、と梧朗は、次朗が倒産寸前にしてしまったなぎさ商会を引き継ぎ、協力を申し出てくれた銀行からの出向者らとともに歯を食いしばって昼夜を問わず経営改善のために働いた。

倒産した会員制ホテルは、ゴルフ会員権と同じように預託金をふくんだ会員権を販売していた。ホテルそのものは他の企業に売却することができたが、その預託金の返済まで余裕はなかった。ぼろぼろになった会社から健診サービスを主眼とした会員制組織の部分を切り離し、禄朗が引き継ぎ、社長に就任し、会員の要望に対応することになった。会員が病気になったり、不調を訴えたりすれば、昼夜を問わず診療にあたる。垣内総合病院まで搬送する。ふだんの健康診断はもとより、インフルエンザの予防接種まで行う。ひとえに垣内のブランドを守るためであり、この処理に関する部門では梧朗も禄朗もすべて無給であった。

ふたりの弟だけではない、垣内病院の幹部たちも、取引銀行出身者、善之の時代からの生え抜きの事務職員など前身はさまざまだったが、身を粉にして働いてくれたのだ。

しかし、結果として、この負債をかかえるもととなった次朗自身は何らの傷を負うことなく、岡本弁護士の働きによって、債務処理をすませたのである。負債の取立てには、暴力団も動いているようだと事務職員から聞かされた藍子は、身ぐるみ剥がされる覚悟もした。「怖い人たちが病院のロビーをうろついていますよ」と、耳打ちする職員がいたのだ。

しかし、その暴力団も岡本雄一郎弁護士の前には、声も出ないと職員が話しているのを聞いた。事実、そうした不穏な動きは岡本が排除したらしかった。それだけ、岡本は顔の利く弁護士だった。

本来は、次朗は自己破産すべきであったと、いまになって藍子は思う。

また、この騒動に対して、理事長でありながら、まるで他人事のようにふるまっていた太朗の態度にも、藍子は腹がたってならなかった。

それから数年後、梧朗と禄朗が必死で借金の返済に当たっていたころ、垣内総合病院に突然、国税庁の査察が入った。四〇人にもなろうかという査察官は、帳簿の提出などを求めた。強制捜査だった。有無をいわせぬ態度、とりつくしまもない態度に、これまで多くの難問に対処してきた藍子もなすすべがなかった。

どうやら、理事長の金遣いの荒さを疑問視した職員が、不正経理を告発したらしかった。太朗は、次朗の失敗に何も学ばず、相も変わらず病院の金で遊んでいたのだ。その太朗の遊びの原資となる裏帳簿があるのではないか、という疑惑だったようだ。実際に裏帳簿があるかないかはおいておいても、職員の誰もが許せない思いでいたし、藍子や兄弟には心当たりがないわけではないから、半分驚きながらも、受け入れた。

理事長室でたまたま藍子に会った査察官たちは、藍子が一般の患者ではなく、理事長の母だとわかると、あきらかに敵意のこもった目で、藍子をねめまわした。「なんて感じの悪い……」と、藍子は身をすくめて、わたくしが何か悪いことをしたのかしら、と思わず考え込んでしまった。ただのおばあさんとしか思えない藍子に、報酬が支払われていることも、当然、査察官は調査の対象としていた。藍子自身にも度重なる聞き取りがあった。しかし、藍子に思い当たるふしはない。かつて銀行や商工中金に融資をお願いしたとき、垣内の歴史を語り、自分たちがしてきたことを説明したのと同じ言葉を、ここでも愚直に繰り返しただけだ。

査察官は、事務長に向かって、「垣内藍子という、あのご婦人はいったい何者ですか」と問い詰めた。

「垣内藍子イコール垣内総合病院です。垣内病院イコール藍子です」

事務長はとっさに答えた。

査察官はなおも幹部職員や古参の職員にも訊いた。申し合わせたわけでもないのに、みながみな、

「垣内藍子イコール垣内総合病院です。あの人あっての病院です」

と答えたという。

その言葉に納得したのか、病院の歴史から調べ直したのか知らないが、半月ばか

り後に、すっかり顔なじみになった査察官は、わざわざ藍子に近づいてきて、

「ご苦労なさったのですね」

と、藍子にねぎらいの言葉をかけた。藍子はとまどうばかりだった。

すみずみまで調べられ、四〇日にもおよんだ査察は終わった。裏帳簿どころか表の帳簿も、咎められるようなものはなかったのだ。


兄の太朗を理事長職から追放し、次朗がその地位に取って代わったのは、この査察をやり過ごし、このときの恐怖から完全に立ち直り、自分のこしらえた莫大な負債の清算見通しもつき、次朗自身の身が安泰だと悟った二〇〇〇年代の半ばだった。実業家に転身すると宣言し、病院の実質的な運営から遠ざかっていた次朗が、太朗から理事長の座を奪うことを、母や弟たちに告げ、実際にそれを実現させたのだ。母も弟たちもお飾りだけの理事長はいらない、と意見は一致した。

もともと太朗は理事長の使命をまっとうすることなく、公私混同の浪費のほかにも、問題だらけだった。病院とは目と鼻の先に住みながら、「朝一〇時前に理事長の姿を見たことはない」と職員からあきれられていた。母の藍子の嘆きをよそに、

理事長の特権、垣内家一二代目の特権のみを享受して、ただただ遊んでいた。

とがめる母親に向かって、平然とこういい放った。

「おかあさま、あなたは外から来た人間じゃないか。ぼくはここで生まれ育った人間です。いやなら出ていけばいいでしょう」

藍子はその場で凍りついた。

ここまで傲慢な人間に育てたのは、自分をおいてほかにない。そう思うと、口惜しくても切なくても誰にもいえず、暗い海辺をさまよって泣いた。

でも、と続けて思うのだった。

若き日に目の当たりにした戦争のむごさを思えば、わたしにはこんな憎まれ口くらい、なんでもないじゃないか、と。戦争がスタンダードになってしまった、自分の人生をあわれだとも思うが、思春期から成人するまで一色に塗りつぶされていた、ほかの選択肢を許されなかった戦争の重さは、あの時代を生きていたものには、仕方ないことであり、同時代を生きたものにはわかってもらえるだろう、と自分をいたわった。

戦争にくらべたら、こんなことはなんでもない――折にふれてそう自分にいい聞かせるのは、傷つくことを恐れる藍子が、自分でも無意識のうちに身につけてしまった自己防衛本能なのだろうか。

――浪費と怠慢の太朗理事長――

太朗が何もしないにもかかわらず、病院は飛躍的な成長を遂げていく。

垣内看護専門学校と准看護婦学校を統合し、垣内看護専門学校を設置、訪問介護センター開設、高度先進医療認定、特定承認保険医療機関の認定、新たなクリニック開設、電子カルテシステム導入など、医療界に話題を提供し続けていく。リハビリテーション病院開設、地域がん診療連携拠点病院の指定も受けた。

清潔でありさえすればよしとした、白と薄緑と灰色の配色に、消毒と殺菌剤のにおいが充満する従来の内装も徐々に変えた。絵画、彫刻、モビール、観葉植物などを壁や棚、天井などにさりげなく配置して、やさしいイメージの場所に変えた。

初めての外来患者がどこへ行けばいいのかわからない、迷路のような院内ではいけない。そんな配慮から、案内専門のスタッフを置いた。とまどっている人を見かければ、すぐに近づいて声をかける。

北欧の医療施設や善之自身が好きだったハワイの病院を参考にして、外来であれ、入院であれ、見舞いであれ、不安や沈む気分を少しでも和らげる空間としたのだ。はたから見れば、いかにも若い医師兄弟が力を合わせて運営している病院らしかった。

近隣の女性たちを対象にセミナーを開催し、婦人科系の検診を訴え、栄養や生活習慣の見直しなども提唱する、こうした企画も次々と打ち出した。

藍子にとっては、看護婦学校が、看護学院、看護専門学校へ、と看護師養成の学校が、時代につれて名前を変えて今日に至っていることが、とりわけ感慨深かった。二〇〇五年、「保健婦助産婦看護婦法の一部を改正する法律」の施行により、それまで女性を看護婦、男性を看護士と呼んでいた区別がなくなり、「看護師」に統一された。それにともない、校名も変わり、同時に共学校へと変わったのだ。

行政からも医師会からも、なにも私立病院が学校など建てなくてもいいだろうと反対や妨害にあいながら、設立に奔走した学校。学生たちを国家試験に引率していった学校。いつしか看護師という呼称に変わり、男子も入学するようになった学校の成長を振り返ると、胸にこみあげてくるものがあった。

下のふたりの息子、五男の梧朗と六男の禄朗が一つ一つ信頼を築いて、実績を積み上げてきたからにほかならない。信頼という無形の財産が有形の財産を生んできたのだ。

ふたりはそれぞれの専門科で午前中は外来患者を診て、午後は臨床、傘下のクリニックや病院、福祉施設の監督、さらにはよりよい医療のために行政と折衝、と分刻みで走り回った。優秀な医師を求めて、国内はもとより海外にも出かけて、名医をスカウトしている。

さらに梧朗の週末は講演で埋まった。さまざまな経営者、大学、福祉などの団体が、梧朗に講演を依頼してきた。メディアの取材依頼も少なくなかった。医療だけではなく、経済や政治にも一家言を持つ梧朗の話は具体的でわかりやすく、人気があった。一度講演に行くと、来年もぜひにと頼まれて、定期的な勉強会になった会もある。

親ばかを承知で、藍子は周囲の人に、そんな梧朗の自慢をした。

かつて、たかが地方の一私立病院のくせに、と蔑まされてきた、あの垣内病院が大きな飛躍を遂げたのである。地域の人々の信頼と感謝を集め、それが垣内の人々の喜びとなってきたのだ。

この信頼を築き上げるために、なにひとつしたわけでもない次朗だったが、どこかで勘違いしたようだった。

この病院の理事長は自分をおいてはない、と次朗は奮い立ったのだ。太朗に任せてはおけない、と思ったのか、自分ならもっと大きく稼いでやるのに、と思ったのだろうか。

いっぽう、太朗は自分のせいで国税庁の査察に入られたこともすぐに忘れて、また遊び始めた。ただ、まったく同じことを繰り返したわけではなく、今度は取引がある製薬会社にたかっていた。

職員に不信と疑問を持たれた最初は、出張の多さだった。もともとゴルフやスキーといった遊びで、不在がちだったが、月に一度は学会に出席するといっては、多額の出張費を仮払いさせて、その後、いつまで経っても精算をしようとはしなかった。それだけで一〇〇万円単位の金額にのぼったので、事務長が問い詰めると、クレジットカードの控えをかき集めて提出した。その支払い先は、日本各地の繁華街のクラブやバーだった。

さらに調べてみると、あちこちからほころびが出てきた。学会にはほとんど製薬会社の接待で行っており、太朗自身はほとんど支払っていないようだった。当然、領収書はないから、自腹で遊んだときのクレジット払いの控えを、領収書を装って提出したのだ。子どもだましのような単純な工作だった。

いっぽう、大きな借りを作った特定の製薬会社の薬剤を大量に発注し、医師たちに投与するように指示した。

「この薬をもっと使え」

「この病気に、これ以上使ったら、過剰投与です。理事長は専門外ですから、薬のことはこちらにおまかせください」

「この患者さまに、その薬は効きません。不要です」

こんなやりとりが増えて、どういうことだ、と疑問を感じた医師や薬剤師たちが、ふたりの弟に訴え出た。そこで、さらに調べてみると、学会に出席した痕跡はなく、学会の期間中、製薬会社の営業担当者と遊び歩いていたことがわかった。

「理事長といえども、学会出席のレポートを出すべきじゃないでしょうか。ぼくらだって勉強したいから」

緑朗がやんわりいうと、何日かして、学会が用意したレジメのコピーを投げてよこした。

当然、梧朗も緑朗も怒った。

「こんなことでは、ほかの医師たちにしめしがつかない。理事長として上に立つもののすることではないだろう」と。

「もっとも、学会に出ても、何が研究議題なのか、それさえ太朗あにきにはちんぷんかんぷんだろうが」

弟たちは怒るだけではなく、面白がってからかう。

「あにきの小遣いを夜勤の手当てに回せば、理事長としてもっと尊敬されるのに、残念だなあ」

それに対して太朗は「うるさい！　理事長のおれのすることに文句があるのか」と怒鳴り返す。痛いところをつかれると、やみくもに怒鳴るだけの太朗。職員はあきれて立ち去った。

このいきさつを、梧朗と緑朗から聞かされた藍子は、このときも母親として恥ずかしくて、いたたまれなかった。

また、選挙ポスターかブロマイドかと、職員が笑うほど写真を撮らせて、広報誌に貼り付けて、ばらまいた。かと思えば、理事長室には高額な絵画や陶磁器、タペストリーなどを飾り立て、訪問客に自慢し、その由来などを語った。

「つねに不在の理事長室を飾り立てるなら、せめて事務室のカーテンを断熱効果の高いものに変えろよ」と職員は陰で毒づいた。

太朗のこんな態度に対して、次朗は一緒になって腹を立てることもあれば、まったく無視して、自分は部外者だという顔をすることもあったが、自分にはとばっちりがこないように、つねにうまく立ち回っていた。

――〝医療ミス〟事件――

そして、太朗が、垣内家からも職員からも完全に見放されたのは、医療ミスとされた事件への対応をめぐってのものだった。ある日、四〇代前半の会社員が、心肺停止状態で救急搬送されてきた。救命救急センター一丸となって治療に当たったが、死亡が確認された。付き添ってきた男性の妻に尋ねると、「ここ二、三日、風邪気味だが、仕事を休めないといって、市販の風邪薬を一日に三パックか四パックくらい飲み、突然倒れたんです。わたしはすぐに治るだろうと思って、最初はほっといたんです」と泣き崩れた。

これは、アナフィラキシーショックによる死だと、医師たちの診断は一致した。男性の妻は納得した。しかし、男性の両親は、働き盛りの息子の突然の死を受け入れがたかったのだろう。医療ミスだと主張して、救急隊員三人と垣内の救命救急センターを訴えたのだ。

救急救命センター長は、ただでさえ忙しい日々なのに、毎夜、警察の取り調べを受けるはめになり、疲労困憊した。そのセンター長に対して、太朗は警察と同じ態度で、「きみがしっかりしないから、診断ミス、治療ミス、こんな事故を招いたのだ。垣内の評判を地に落としてくれた」と非難した。

医療ミスの疑いというだけで、平静ではいられなくなった藍子だったが、それにもまして冷静さを失い、一方的にセンター長をなじるこの太朗の態度は、あまりにも醜くて、目を反らしたかった。

結局、一か月足らずで医療ミスではなく、事件性もないとして、警察の捜査はなくなり、先方も納得した。しかし、部下を守れなかったばかりか、なじるばかりだった太朗理事長の信用は完全に失墜した。

太朗の退任、次朗の就任の話が出ると、さすがに、太朗も理事長らしいことは何もしていないと自覚していたからなのか、医師としての存在の薄さを自覚したのか、責任のないところで自由に遊びたかったからなのか、あっさりと退任を受け入れた。理事長職は解かれても、垣内の総領は自分であり、この垣内グループの総師は自分をおいてはない、という自負があったのかもしれない。その時点ではたいして不平をもらしたようでもなかった。

こんな太朗だったので、太朗の理事長解任という次朗の案に、藍子や梧朗、禄朗などみなが賛成してしまった。つまり、前理事長の太朗にも次朗にも大きな問題があったがために、次朗の行いや莫大な負債を過小評価してしまったのかもしれない。

それにしても、なんと愚かだったことか。太朗よりは次朗の方がいいかもしれないと、深い考えもなく、なぜ次朗を理事長にしてしまったのだろうか。悔やんでも悔やみきれない、自分たちの思慮のなさ、愚かさだったといま、思い知らされている。

それにもまして、次朗が自分の失敗、敗北を自覚することなく、また、再建に尽力してくれた人々に一言の礼もなく、感謝もなく、すませてしまったことが、残念でならない。

――次朗の義父母の事件――

それから遡ること数年前の春。海辺の町の海は、どこまでもうららかで、空を舞うトビの姿も、かすみがかって見える。

この季節になると、藍子は毎日、海を見るたびに、「春の海ひねもすのたりのたりかな」と蕪村の句を口ずさむ。蕪村の詠じた海は、丹後の海だと学校で教えられた。だから、日本海であって、藍子がいま見ている太平洋の海とは違う。だが、海はつながっている。そう思っては、春の海ひねもす、とまたつぶやく。そして、思う。わたしが初めて垣内を訪れたのも、嫁いできたのも、こんなのどかな春の日だった。あのときと海の色はなにひとつ変わらない。

常緑の松の緑も美しさをます。下草の若葉、新芽が濃く、薄く、新しい季節を告げるのだ。庭の芭蕉の葉もいちだんと大きさをます。

この年、垣内病院は、核磁気共鳴診断装置（ＮＭＲユニット）を導入した。最初のレントゲンを購入した日から歳月を重ね、銀行には融資をすんなり認められる病院に成長していた。それまでのＸ線ＣＴでは得られない三次元的な情報が多く得られるこの装置によって、水分量が多い脳や血管などの部位の診断が、より迅速に、より精度をますので、医師たちも大歓迎した。

新たな救急救命センターの建設も進んでいた。

同時進行で、新都心に総合病院付属のクリニックが開設されようとしていた。垣内はついに海辺の町から飛び立つのだ。

また、職員の子どものための院内保育所に加えて、さらに地域に開放された新しい保育所が開設され、近隣の人々も垣内病院に籍を置く職員も働きやすくなることを喜んだ。保育所の開所式兼入園式にのぞんだ理事の藍子は、垣内が地域のみなさまに愛され、信頼され、今日という日を迎えられたことが、何よりの喜びです、と挨拶した。次朗の倒産騒動など、まだ夢にも考えられなかったときのことである。

藍子の夫、善之もまだ一線で診療に当たっていた。

ある日、善之と藍子夫妻は思いもよらない三人の客を、病院の応接間に迎えていた。二男の次朗への不信を告げる「事件」だった。

三人は何かに追われるように応接室に飛び込んできて、ドアが固く閉じられると同時に、年配の男性が床に土下座した。

かたわらに立つ若い男性が、

「申し訳ございません。言葉もございません」

と、絞り出した。誠実さが感じられる声だった。

そのまま身じろぎもしない。迎えた藍子と善之も、息が詰まった。

ふたりの男性は、次朗の妻の実家、共田《ともだ》家の父と長兄である。いうまでもなくよく知った間柄だ。もうひとりの女性は、次朗の義理の母、ミツ江である。

次朗の妻の父親は、台湾出身で、まだ小学生のころに日本に留学し、大学まで日本で学んだ。いかにも富豪の息子らしく、おっとりした温和な紳士だった。北関東出身の母ミツ江は、藍子より七歳ほど上だが、商才が人一倍あったらしく、戦争直後、都心の闇市で手広く商売を手がけ、大きな財産を築いていた。闇市の女帝と呼ばれた才覚と知恵で、やがて化粧品製造やホテル経営、不動産売買まで手がける実業家になっていた。夫をしのぐ財産家として活躍していた。

その共田家の母・ミツ江はぼんやりと立ったまま、自分の夫と、藍子夫妻をかわるがわる見るともなく、焦点の定まらない目で見ていた。血色のいい顔をさまざまな宝石で、よりきらびやかに見せているいつもの姿はなりをひそめ、青ざめ、やつれ、イヤリングもネックレスも指輪も、輝きよりも重さが目立った。

藍子は、こんな土下座とか上半身をぴたりと折り曲げたような敬礼には軍隊を思い浮かべ、家父長制度を思い浮かべ、虫酸が走るほどいやだった。善之もそうだったろう。

「どうぞ、お顔をお上げになって」

藍子がいうと、共田は一瞬顔をあげて、ちらと藍子夫妻を見たが、また床に頭をつけて、

「どうぞ、一緒に台湾に行ってください」

「はあ?」

善之も藍子も、先方が何をいおうとしているのか、わけがわからなかった。その

間も、息子のほうは、「ご迷惑をおかけして、申し訳ございません」と絞り出すような声で繰り返す。事態がつかめないで、藍子夫婦は困惑するばかりだったが、息子の言葉にも態度にも嘘がないのは理解できた。

「本当にご存じないんですか」

「ええ……」

としかいいようのないふたりに向かって、共田はようやく顔を上げて、ことのいきさつを話し始めた。

数日来、世間を騒がせていた金井武尊《ほたか》という詐欺師が警視庁に逮捕された。詐欺に加えて殺人の容疑もあるという。その男が、実は妻のミツ江が共田との結婚前に生んだ子だという。父親は外国籍の高名な詩人で、武尊自身も詩集や童話をいくつか出版していたから、「抒情詩人の凶悪犯罪」と書き立てるメディアもあった。その逮捕が発表されると、どこでどう調べたのか、共田の自宅まで新聞、テレビ、週刊誌などあらゆるメディアが押しよせ、張り込み、身動きが取れない。だからなんとか匿ってほしい、というのが共田の話だった。今日ここまで来るのも大仕事だったという。

そういえば、藍子もそんな新聞記事を見た記憶はある。

その事件が、自分たち垣内の家にかかわっていようとは、夢にも思わなかった。見出しを見ただけで、中身の記事までは読まなかった。周囲で話題にするものもいなかった。

藍子ののどかな四月が恐怖の四月に一変した。

「そこで、わたしはミツ江と一緒に、しばらく台湾に逃れようと考えています。ただ、ふたりだけの行動はあまりにも目立ちます。そこでツアーを装って、垣内さまご夫妻にも同行していただきたいのです。カモフラージュです」

共田がまた土下座した。ちらと視線を上げた息子の表情には、悲しみ以上に、苦しみが見てとれた。

「よろしくお願いします」

ミツ江が初めて口を開いて、いいそえた。

「カモフラージュです」

土下座したまま、いかにもいいにくそうに共田が繰り返すと、息子は、「どうぞ母を助けてください。お願いします。母を助けてください。ご迷惑は重々承知のうえ、厚かましいのも承知のうえ、どうぞ母を助けてください」と、涙声になった。

藍子にはまるでドラマのようで、現実の話だとは思えなかった。しかし、こんなことをしているうちにも、マスコミがかぎつけて病院まで押し寄せたら、ことだ。それ以上深く考えることもなく、善之も藍子もあわててパスポートを取りに母屋に戻ると、簡単な旅支度を整えて、共田夫婦とともに成田へ向かった。傍目には余裕ある中年夫婦二組の、旅行に見えただろう。

ファーストクラスの席におさまった。飛行機のドアが閉まると、共田が重い口を開いて、これまでのことを打ち明けた。

夫は前々から妻の金遣いの荒さが気になっていたそうだ。しかも、頻繁にどこへともなく姿を隠す。思い余って私立探偵に調査を依頼した。すると、若い男と軽井沢や日光、都心のホテルでたびたび会って、かなりの金を渡しているという報告だった。

若いツバメがいるのか、と怒りを爆発させた夫は、思い切って妻に詰め寄った。最初は知らぬ存ぜぬ、興信所のでっち上げだとシラを切っていた妻だったが、ついに認めた。

「あなたと結婚する前に生んだ、わたしの実の子どもです。その子に生活費を渡していたのです。許してください」

「それが、わたしと出会う前に、ミツ江さんが産んだ息子、武尊だったのです。わたしは許しました。わたしと出会う前の若い日の家内の愛の結果です。わたしと出会ってからの家内は、力を合わせて必死に働き、わたしとの間に二人の子をなし、わたしにとって家内はかけがえのない存在となりました。どうぞ、垣内さまもわかってあげてください」

夫が許すというものを、他人のわたしたちが口をはさむことも、非難することもない、と藍子は思った。善之も同じだったはずだ。共田はこんなこともいった。

「わたしら〝いもっ子〟は、日本の中で差別され続けました。でも、ミツ江さんは違いました。わたしをひとりの男として見てくれた。わたしはミツ江さんといることで、何事もがんばることができたのです。大切な妻です」

客室乗務員が近づいてきても、共田はかまわずに話を続けた。藍子は、共田が他人の前でも、妻をさん付けで呼ぶのに、ふだんから違和感を持っていたが、今あらためて、妻をそれだけ大切にしている共田なのだと思った。後になって、大切にしている以上に、どこかで怖れていたのだろう、と腑に落ちたのだが。

「ああ、〝いもっ子〟ってわかりませんか。台湾出身者のことです。台湾の形って芋の形に似ているでしょう。だから、わたしたち台湾の出身者は、自分のことを〝いもっ子〟っていうんですよ」

共田の声にかすかに笑いが混じった。藍子は台湾の地理を思い浮かべた。日本の統治下にあった台湾の地理は、戦争中よく目にしていたし、かつての統治者であるポルトガル人によって、麗しの島と呼ばれたということも知っていたが、さつまいもにしろじゃがいもにしろ、芋の形とは知らなかった。座席のポケットに入っている機内誌についている飛行図で確認してなるほどと思った。

「わたしが台湾人だとわかると、それまでふつうに話していた人みながみな、なんだ台湾人か、支那人か、第三国人かと、あからさまに蔑みました。でも、ミツ江さんは、わたしが台湾人だと明かしたとき、それがどうしたんですか、っていいました。同じ人間じゃないの、わたしたちの結婚は、深い海峡を越える日台親善よ、日台の懸け橋になるのよって。だから、わたしは全力で仕事だけをしていればよかったんです。ありがたい妻です。かけがえのない妻です。わたしに免じて、武尊のことも許してやってください」

ただ、唐突に凶悪な犯罪者が異父兄だったと知らされた、次朗の妻の胸中を思うと、気の毒に思えて、これからどう接していいのかとまどった。

ミツ江は、それまでの緊張がほどけたのか、ずっと眠っていた。

台北の松山空港に着いたものの、なんともいえないものものしい雰囲気につつまれていた。ここまでマスコミや、あるいは警察がミツ江を追ってきているのかととまどった。そのとき、ミツ江がいった。

「ああ、このしっとりした空気、いいわあ。東京のほこりっぽい春と全然違う」

藍子が返事に詰まっていると、すぐ近くで突然トランペットの音が鳴り響いて、行進曲の演奏が始まった。その音が途切れた一瞬に、ミツ江がささやいた。

「わたしたちを歓迎してくれているんですよ。共田はVIP中のVIPなんだから」

まさかともいえず、藍子は案内されるままに歩いたが、四人の進む道は片側にブラスバンドが整列して演奏を続け、目の先の空港建物には、「歓迎光臨垣内善之先生御夫妻」の横断幕が掲げられていた。

台湾のさまざまな団体に巨額の寄付を続けている共田は、島内で名声高く、こんな演出はなんでもないことなのだ、と藍子はあとで知った。

共田の郷里、高雄市で藍子夫婦は名物料理ぜめにあって、二泊三日の逃避行のお供を終え、共田夫婦と別れて帰国した。共田夫婦は日本でのほとぼりがさめるまで温泉めぐりなどして過ごすという。

その後しばらく、垣内病院の売店からは、すべての週刊誌と新聞が消えていた。入荷して陳列されると同時に、誰かが買い占めたからだ。病院内だけではなく、海辺の町の書店、コンビニエンスストア、スーパーも同様だった。病院の職員はひそひそとうわさをしたが、その有力情報源となる週刊誌がまったく手に入らないのだから、それ以上、噂のしようもなく、いつの間にかひそひそ話も消えた。

それからどれくらいしたときだろうか、共田がひとりで、藍子夫婦が暮らす母屋を訪ねてきて、夫婦の前に手をついて挨拶した。

「このたびはまことにご迷惑をおかけしまして。おかげで助かりました。ありがとうございました」

善之も藍子も、血のつながりはないとはいえ、縁戚にこのような犯罪者がいたという衝撃は、いまなお消えず、わだかまりがあって、うわべの返事はできずに黙っていた。すると、共田のほうから話題を変えた。

「この海辺の町に持っているわたしどもの土地、建物を差し上げたいと思っています。お詫びとお礼のしるしといっては、なんですが。受け取ってくださいますよね。ミツ江さんからも、しかといいつかってきました」

何をいいだすのかと思ったら、藪から棒に、と藍子は驚いた。共田がこの海辺の町の土地を精力的に買っているといううわさは前からあった。「そのうちにこの町のいいとこはみんなあっちの人のものになるじゃないか」と、眉をひそめて藍子に耳打ちした町民がいた。「あっちの人」といういいかたが何を意味するのかよくわからなかったが、なんとなく腑に落ちるものがあった。

共田家が次朗との結婚で縁ができたこの町の土地に目をつけたのは、わからないでもない。しかし、いま、こんな提案をされてみると、共田家のやり方に、金をもうけ、土地を買い占め、その利益でさらに財力にものいわせていく不快感に、身がすくむ思いがした。

夫が何と答えるだろうかと、固唾をのんで夫の言葉を待った。即座に夫はいった。

「そのようなものをいただくことはできません。いただく理由もありません。お断りいたします」

藍子は心の中で快哉を叫んだ。この地に共田家が所有する土地や建物が手に入れば、病院の運転資金や駐車場用地としてどれだけ助かるかしれない。限られた海辺の地では駐車場の確保も簡単にはいかない。したがって、所有地はいくらあっても困らない。しかし、夫はその金の力をはねのけたのだ。

「もし、不要な土地建物なら、不動産屋にまかせたらどうですか」

医療の苦労なら、歯をくいしばっても耐える。医療に落ち度があれば、どんなそしりも甘んじて受ける。だが、こんなトラブルが自分たちの身に起きるとは予想もできず、できたところで、どう対処していいものか、藍子には考えても考えてもわからなかった。

ただぼんやりと、金のからむ話はいやだと思った。

台湾出身の共田と、山国育ちのミツ江。夫婦が、戦後の東京で生きていくために、金にすがり、金だけをたのみに邁進してきたのは、よくわかる。

それにしても、と思う。どうしてここまで金にすがり、金を儲け、金がすべてだと信じ、すべてを金の力で解決しようとする人々と、こんなに深い縁ができてしまったのか、と。どこで縁が結ばれてしまったのか、と。そして、次朗が、この金のとりこになってしまったという思いがよぎり、むなしさと哀しさが混じった吐息が思わずもれた。

わが子たちが、祖父善夫や善之の血を受け継いでいるように、次朗の孫や了も共田夫婦の血を受け継いでいる。それが将来どんな形で出るのだろうか。

こんな金にからめとられた関係が、この先どこまで続くのだろうか。恐怖にしか思えなかった。

第3章　落日

――垣内病院は今

長男の太朗から二男の次朗へ、理事長交代というお家騒動を、藍子は世間に向けてごまかした。体裁をつくろった。

過去の交代、一〇代目から一一代目へ、一二代目への交代は、病気や死去によるもので、誰の目にも納得のいくものだった。しかし、二一世紀の今度の交代は違う。傍目には働き盛りの理事長が、退任とはどういうことなのか、と出入りの業者や取引銀行などはいぶかった。

だから、藍子は率先して語った。垣内総合病院内の職権は変わっても兄弟仲は相変わらず良好で、鉄壁の守りを敷き、四本の矢は固い絆でお家を守っています、と。いつかの台湾への逃避行を、観光旅行の体裁をとってカモフラージュしたのと同じように。

藍子の重要な役割の一つに、看護学校の毎年の入校式や病院の入職式で、「垣内病院の歴史を語り、医療人としての姿勢を語る」というものがある。藍子にとっては毎年のことなので、テープで流したり、刷り物で配ってもいいんじゃないかと思わないでもなかったが、将来の看護師を目指す志の高い生徒たちだからなのか、この講話にはくいつきがよく、とくに入校式になくてはならないものだった。

そのなかで、この病院や学校の長であり、医師である息子たちに親しみをもってもらいたくて、息子たちのこともよく語った。

長男の太朗のことは、「夢というのか発想力というのか、好きなことをなんでもやりたいようにやる人です。殿といわれても、すまして当たり前の顔をしている人です」

決してうそではないけれど、真実は違う、と藍子はあらためて思う。太朗は好きなことだけをして、するべき仕事はしない。それをわたしはひた隠した。わたしは二枚舌だったと。

二男の次朗のことは、「非常に頭の切れる人で、着々と経営に取り組み、人脈も豊かで、家族思いで、子煩悩です。わが子だけではなく、職員のお子さんたちに対してもこの態度はかわりません」と讃えた。実際のところは、藍子自身が強くそう信じたかったのかもしれない。これもまたカモフラージュだったといまは思う。

五男の梧朗、六男の禄朗については「いつも夢を語り、それを実行する行動力の持ち主です。ふたり合わせると特殊な力を発揮します」と紹介した。

そして、「兄弟みんなとても仲がいいのです。結束が固いのです。だから、このような病院が存在し、みなさんが学ぶ学校があり、母であるわたくしほど幸せなものはいないのです」と結ぶと、大きな拍手が起こるのが、いつものことだった。

さらに藍子は付け加えるのを忘れなかった。

「病院の名にも、みなさんが学ぶ学校にも、垣内の名を冠しております。でも、これはたまたまのことであって、ここはわたくしたち垣内一族のものではなく、社会のもの、地域のもの、いってみれば社会立です。みなさん、ご自分のために、同時に社会のために、全力で学んでください。学んでご自分の無形の財産を、身心にどんどん叩き込んでいってください。無形の財産とは、信頼です。病院や医療とはまさに信頼されることです。信頼され、感謝されることで、無形の財産の大きさ、豊かさが、その人間の大きさになるのだと、わたくしは信じております」

——分け隔てなく育てたつもりが……——

垣内病院の電話も、藍子の自宅の固定電話も、すべてが録音されている。

息子たちが、「おかあさまが電話で詐欺にあったら大変だ」と、数年前から録音機能をつけている。「あたくしが詐欺にひっかかるなんて、二〇〇パーセントありえないわ」と藍子は笑ったが、ごくたまには病院内の直通電話と間違えて、苦情とも脅迫ともつかない電話をかけてくる人がいる。これはこれで安全のために必要だった。

だから、次朗の画策で梧朗院長が解任されると知らせた、次朗の長女、茜から病院にいた緑朗への電話も、藍子の家にいた緑朗にかかってきた二度目の電話もそのまま録音されていた。

二度目にかけてきたとき、まだ酒が入っていなかった茜は、週末は緑朗夫婦が母の家で夕食をとることを思い出して、藍子の住まいにかけてきたらしかった。

茜は医大を卒業後、垣内総合病院で研修医をしていたが、父の次朗との折り合いが悪くなって、親の手の届かない中国地方の病院に職を見つけて、垣内を出ていった。いまは恋人と一緒に暮らしているらしい。

そんな自立心を藍子は頼もしく感じていたが、実は、小さなものとはいえ、酒に酔った上での医療ミスがあったり、同じ研修医に意地悪をしたりするなどして、信頼を失くし、いられなくなったなどと職員が話しているのを聞いている。

藍子はあらためてその茜の録音を聞いた。

本当は聞くだけでもつらくて、消去してしまいたい録音だったが、現実から目を反らしてはいけないといいきかせて、最初の衝撃から数日を置いて、藍子は冷静に、孫の茜のいうことを検証してみようと思ってのことだ。

六月一五日の社員総会に出席するよう、垣内に帰って来いと、父親にいわれたこと、その総会では梧朗院長を排斥し、茜の兄の善太郎が院長に就任する、この人事異動がすでに父親の画策によって八対三で決まっているのだ、と茜は断言している。

反対の三人は梧朗と禄朗、それに藍子しかいない。

それにしてもこの社員総会とは、あまりにも不透明だ。社員総会のメンバーである藍子や梧朗、禄朗、つまり反対派にはその議題はもちろん、正確な日時さえ、茜の電話の時点では何一つ知らされていないのだから。

藍子はこの世代の多くの女性がそうであるように、組織に属した経験はない。女学生から、家事手伝いを経て、いきなり主婦になった。戦争に巻き込まれ、辛苦をなめてはいるが、つねに両親の庇護下にあり、嫁しては夫に従い、その意味ではきわめて世間知らずにきた。しかし、日々の新聞や書物で、また病院の理事として、社会を学んできた。

その新聞だったか読み物だったかで知った知識の中に、「企業経営者にとっていちばん大事なことは、後継者の決定だ」というのがあった。後継者のはっきりしていない組織は危ない、というのだ。思いつき人事は厳禁とあった。

それを知ったとき、藍子は、うちは利潤を追求する企業ではないし、この教訓は当てはまらないと思った。後継者は、長男の太朗が外れるという小さな想定外はあったが、その後は問題なく、歳月を重ねていた。

しかし、いま、次朗の思いつき人事が決行されようとして、垣内病院はゆらぎだした。一般の企業とは違うが、企業経営者として次朗はそれをわかっているのだろうか、と気分が塞いだ。

続いて、茜は「おとうさまもかわいそうなのよ。小さいときからおばあちゃまにかわいがってもらったことがなくて。酔っぱらうたびにぐちっているわ」と、話題を変えた。

藍子は耳を疑った。五人の息子たちを差別して育てたことなど金輪際ない。むしろ、舅姑が総領の太朗ばかりかわいがり、次朗のことは邪険にすることもあったので、それが不憫で、いっそう気にかけて愛情を注いで育ててきた。

学校に上がってからは、理数のよくできる子だったので、ひたすらほめて育てた。中学高校時代は、夏休みになると東京から大勢の友人を引き連れて帰り、海水浴を楽しんだ。その子たちの世話を焼き、食事を用意し、藍子は、自分はまるで寮母だと笑った。大学時代は海外留学もさせた。幼かった次朗の笑顔とともに、過ぎた日をたどった。それらはすべて親なら当然のことで、特別なことだとも思わなかったし、代わりに何かを要求することもなかったはずだ。

それにもかかわらず、自分だけ意地悪をされたとは、なぜそう感じるのだろう。百歩譲って、そう感じるのであれば、なぜ母のわたしに直接思いをぶつけなかったのか。家も病院も近く、そんな話をする機会はつねにあったのだ。それを酒の入ったときだけ自分の家族相手にぐちるとは、あまりに情けないではないか。つねに聞かされる家族は、「おばあちゃまは悪者だ」と刷り込まれてきただろう。

その場に次朗を呼びつけて、いつ、わたしがあなたに意地悪をしたというの、と問いただしたいと思った。思うだけで足が震えて、胸がつまり、息苦しくなった。これ以上、電話の録音を確認する気にはなれなかった。

わが子に裏切られた苦しみは、自分でも意外に思うほど、暗く深く心の底に沈んで、うつ状態に陥った。プラス指向の楽天家で通してきた自分だったが、九〇歳を過ぎた老人になったいま、自分が思う以上に、今回の一件は自分を傷つけているのだと認めないわけにはいかなかった。

いっぽうで酔った茜のたわごととはいえ、次朗が家でクズと呼ばれているという言葉は、あまりに衝撃だった。哀れすぎて、かわいそうだった。「次朗のところは異常な家族主義だ」と批判されるほど、すべて自分の家族優先で、子どもたちに院内のポストを用意し、職員はもとより弟たちもびっくりするほどの給与を出していながら、クズと呼ばれているとは。女帝と呼ばれている妻に頭を押さえつけられたあわれな姿が透けて見えた。

事業家である共田家から多額の資産を受け継いで、手堅く運用し、確実に資産を殖やしている妻。いっぽう、手を出した事業のことごとくが失敗し、負債を抱え込んだ夫。この力関係を、次朗の家のなかではあからさまに口にしているのだろうか。夫婦の家計は完全な独立採算制であって、次朗は借金もその穴埋めも妻には一円たりともすがれないと、ぼやいていたことを思い出した。これでは、クズと呼ばれるのも仕方がないのか、と藍子は思った。

私立医大に進んだ次朗の子どもたちの学費一切は、妻の財布から出ているという話も、次朗以外の兄弟はみな知っていた。だからこそ、次朗がたのみとするのは、理事長という肩書だけなのだ。

数年前に行われた次朗の長男、善太郎の結婚披露宴を、藍子は思い出した。会場の席について席次表を見たときの驚きといったらなかった。「これはなに……」といったきり、言葉に詰まったのだ。両脇に座った梧朗と禄朗は「次朗兄さんらしいじゃないか。笑うしかないね」と、実際に嘲笑したが、主賓の席は、外務大臣を筆頭に、知らない人はいない政財界の大物で埋まっていたのだ。

「こんなことが許されていいの。確かにSさまはうちの患者さまでしょうけど、私的なおつきあいがあるなんて聞いたことないわ。Tさまやそのほかの方々にいたっては……」

藍子が憤慨すると、禄朗がなだめて、梧朗は笑い飛ばした。

「彼は虚栄心のかたまりじゃないですか」

虚栄心のかたまりは、兄弟げんかのタネにもなった。茜は、「お父さまとおじきたちは、兄弟げんかばかりしている」といったが、実際はけんかにもならなかった。医師の仕事をほったらかしにしている太朗と次朗のことを、弟たちは基本的に無視していたし、つねに自分の持ち場にいて忙しくしていたから、面と向かって話す機会もほとんどなかったのだ。それでも、意識、無意識を問わず出る言葉が、次朗の子どもたちからみれば、けんかをふっかけているように受け止められたのだろう。

たとえば、次朗が弟たちに言葉をかけるときは、著名人と会う約束をしたときだけなのだ。

「おれ、今度の水曜日、赤坂でZさんとお会いするんだ」

会う人と、会う場所である一流料亭の自慢をする。

「で、なんの話をするんだい」

「へー、すごいね」

と、弟たちはどうでもいい返事をする。その皮肉もわからないで、次朗は、

「中国の富裕層の医療事情を把握するんだよ」

と、得意気に話すのだった。

主賓の席を見ながら、あの方は政治家、あの方は経済界のお偉いさん、と席順と

顔を見くらべている藍子に、禄朗が剽軽な口調でささやいた。

「本日は、あにきの一世一代の晴れ舞台でございますよ、息子の結婚式に名を借りた」

腹の虫が治まらない藍子は腹だたしげにいう。

「それはそうだけど、善太郎の研修医時代、面倒を見てくださった垣内の先生方が、いちばんのお客さまじゃないの」

「おかあさま、そんな常識があの次朗兄さんにあると思うんですか」

外務大臣は最初に、だみ声であたりさわりのない祝辞を述べると、乾杯の前にさっさと会場を出ていった。

あの主賓席を埋めていた面々は、この会場を出た途端に、新郎の名も新婦の名も忘れるだろう、と思うのだった。そもそも、はなっから覚えてなどいないだろう。

あとになって、まるでよくあるドラマの、いい人悪い人、お金持ちとそうでない人を描いたステレオタイプのシナリオのようだと藍子は寂しく笑った。

次朗の家庭教育がなっていない、と腹を立てながら、その怒りが、次朗を育てた自分に返ってくるのを受け止めていた。

一連の院長解任劇は、まもなく関係者の間で、「六・一五事件」と呼ばれるようになった。藍子は「六・一五」とはどこかで聞いたことがあるような気がした。しばらくして、ああ、そうだわと思い至った。一九六〇年安保改正反対を訴えて、反対する市民や学生が、国会に大規模なデモを行った日だ。東大の女子学生・樺美智子が命を奪われた日だ。

安保改正反対のデモと、垣内病院の院長交代と、その規模は比較になりようもないが、藍子にとっては同じ重さで胸に迫ってきた。

――巧妙なクーデターの仕掛け――

そのころ、梧朗はこの騒動の真相解明のために、心あたりをあたっていた。そこから見えてきたのは、次朗が四月に入ってからすぐ、梧朗の解任に向けて動き出し、親しくしている岡本弁護士に相談していたらしいことだった。

これまでにも、運営方針をめぐって、理事長の次朗と当時の院長の梧朗が対立することはあった。多くの職員も知っている。だが、あくまでも口げんかの、売り言

葉に買い言葉の範囲であって、

「こんなんじゃ、院長なんてやってられないよ。やめてやる」

といった程度のものだった。よくある兄弟げんかだと誰もが思っていただろう。

しかし、次朗はこの言葉を盾にとって、「梧朗はやめるといっている。いい機会だからやめてもらおう」とシンプルに考えた。かつて自分が中心となって追放した太朗のほか、従兄弟や岡本弁護士などを抱き込んで、当然、自分の子どもたちにいいふくめて、梧朗の追放に動き出したようだった。

岡本弁護士は、次朗の中学高校の先輩にあたる。いつからか次朗が、社員のひとりに加えて、重用してきたようだ。それ以上のことは、藍子にはわからない。その経緯、詳細を突きつめて考えてきたこともない。怠慢だと非難されても弁解はできない。

太朗は理事長退任、名誉理事長に就任するにあたって、退職金を三億円ほど受け取っている。太朗は理事長時代に一〇億円近い累積赤字を作ったので、垣内総合病院の本音としては退職金を出したくなかったが、以後、病院経営にはかかわらない約束で、支給したものだった。

その三億円が底をついてきたのに違いないと、藍子は推察した。そこで、弟の次朗の画策に簡単に乗ったのだろう。

従兄弟は、亡き夫、善之の弟の長男で、垣内の姓を継ぐ。垣内病院の周辺にいる医師一族の中で、彼らは医師ではなく、地方公務員だったり、藍子の興したなぎさ商会の社員だったりする。身分は安定しているが、太朗や次朗の派手な金遣いと、周囲を睥睨する姿を身近で見て、自分もあんな金を持ってみたい、人に仰ぎ見られる立場になりたいと思い、つねづね彼らに憧れていたのかもしれない。院長追放に加担するなら、と垣内グループ企業の役職の一つを担保されたのではないか。

禄朗は、側近の職員たちにこの不穏な動きを打ち明けた。百人中百人が、驚き、次朗を非難し、梧朗院長が追放されたら、自分たちも辞める、といった。人事の失敗は、本業の失敗につながることを多くの職員が理解していた。実際に、次朗が理事長になって私利私欲に走ってからモチベーションが下がって、やる気をなくした職員は少なくなかった。とくに看護師に顕著だった。

「梧朗院長が辞めたら、この垣内病院はやっていけないに決まっている」

みながそういう。次朗に懐柔されそうなものは皆無だった。

「ぼくらは医師だから、全国どこへいっても働けますよ。医師だけではない、看護師も薬剤師もメディカルワーカーは、どこでも働けます。だけど、この地域の人々はどうするんですか。この病院がなくなってしまったら。地域の確実な医療崩壊でしょう。その人たちを見捨てるんですか。そんなことが許されますか」

「次朗理事長と善太郎院長に何ができるんですか。ぼくは、梧朗院長の考えに共鳴して、ここへ来たんです。院長が交替したら、ぼくはここを去ります」

「社会のものである病院の私物化もいい加減にしてほしい。ここで働く四千人の従業員は、医療を必要としている地域の人たちはどうなるんだ」

医師たちは一様に憤った。

「この際だから、いわせてもらいますが、次朗先生が理事長になってから、この病院はずっと独裁体制です。少しでも逆らえば、閑職に追いやられる。給料も減らされる。こんなのが、社会に貢献する病院ですか」

一方でこんな厳しい声もあった。

「家族間でかばい合って、長年にわたって失敗もミスもあえて見逃してきたんじゃないですか、ある意味、垣内一族の自業自得じゃないですか」

看護師長は、「院長が代わるときは、私が辞表を出すときです。それだけのこと」とはっきりいった。

この院長交代劇が決定的な事実として垣内病院グループに伝わると、全グループのリーダーたちが、院長交代の反対声明を出した。発起人一〇名は、医師、看護師、事務局など部署はさまざまだが、いずれもその長たちである。声明の内容はこうだ。

――現在、新型コロナウイルス感染症による患者減と収益の落ち込みへの対応が急がれ、職員一丸となり、全力で取り組まねばならない課題が山積しています。いまこそ医療法人湛焦会の存続のため、あらゆる力を結集し、困難に立ち向かうべきときと考えます。

垣内家がつないできた命のバトンが、やがて次代に継承されるのは自明の理です。しかし、そのときが「なぜ今なのか」。今こそ、真価を発揮する経験豊富で強力な現場を率いる垣内梧朗院長のリーダーシップをなぜそごうとするのか。現場の第一線を担うわたしたち職員はとうてい承服できません――

三〇年間にわたり、職員のことを第一に考え、最前列で指揮を取ってきたリーダーを失うことになれば、職員の心は離れ、モチベーションは下がり、前を向くどころか、収拾のつかない混乱をきたすことは必至とも記されている。そして、現体制を維持して、垣内本来の自由闊達、志の高い医療に取り組める組織の強化に専念していただくことを、切にお願い申し上げます、と結んでいる。

この声明に賛同する署名も添えられた。各診療科の部長である医師を筆頭に垣内総合病院の中核となる四〇余名が、そろって署名したのである。発起人と合わせると五〇名を超える。なお、この中に、垣内の家族や社員、理事はいない。

しかし、この署名も声明も無視された。

職員が、これほど危惧を抱いていたのに、当事者である垣内の家族、兄弟が、結果としてそれを野放しにしてきたことを、藍子は心から恥じた。知らなかった、ではすまないと思った。全職員に詫びねばならない。

「先方が手ごわい弁護士をつけているなら、梧朗院長も弁護士をつけましょうよ」

という事務職員もいた。うちの患者さまでもある村上隆一弁護士はどうでしょう、と推薦する声があったので、禄朗は面会に走った。話を聞いた村上弁護士は、

「クーデターですな。しかし、理解に苦しみます。たとえクーデターが成功しても、その後の運営が困難なことはいうまでもない。結局、大きな被害を被るのは、

次朗理事長とそのご子息の次期院長じゃないですか」と苦笑した。

また、社員総会のメンバーの従兄弟には、梧朗と禄朗がそろって、真意を問いただした。

「梧朗さんが院長から外れたら、きっと病院は大混乱でしょうね」

と他人事のようにいうだけで、自分がどっちにつくかはのらりくらりとかわした。

このお家騒動にメインバンクの未来銀行もあわてた。会長、専務が揃ってわざわざ病院まで出向いて、説明を求めた。しかし、対応したのは次朗と岡本弁護士だった。ふたりの言い分だけを聞いたのだから、「理事長続投。理事長にすべてをまかす」と判断するのも当然だったろう。

職員の懇願と反発、関係者の説得、すべてが拒絶されて、六月一五日の社員総会で、梧朗院長の追放が決定したのだ。

垣内病院グループは新しい時代への一歩を踏み出したのか。それとも崩壊への一歩を踏み出したのだろうか。

――わが子に対する〝悲闘〟――

院長退任にあたり、梧朗は、全国病院協議会の理事を辞退した。全国病院協議会は、民間病院を主体とした全国組織で、約二千五百の病院が加入している。規約では病院を代表する会員は、「その病院の管理者又は医師である開設者、若しくはその病院の代表として選任された医師とする」とある。

したがって、院長職を解かれた梧朗は代表者ではなくなったので、理事を辞退し、新院長への理事交代を申し出たのだ。

驚いたのは、協会だった。新院長への交代は認められないと、理事交代を拒否した。それは、なんとか梧朗に理事として残ってもらわなければ困るということでもあった。

結局、梧朗はグループの運営ではあるが、次朗の統治が及ばない社会福祉法人陽光会の理事長として、協会の理事の務めを続行することになった。

こうした経緯を聞いて、藍子はまた怒るのである。

医師会や病院会に絶大な信頼を持つ梧朗を追い出して、垣内にとってどんな得になるというのだ、と。この時点で、全国の病院にも恥をさらしたと思った。もう、わたくしのカモフラージュもきかない、と。

梧朗が理事長を務める社会福祉法人陽光会は、地域の医師会が運営していた病院、太平洋医療センターの経営を引き継いだのが最初で、この病院も含めて、地域の過疎化、少子高齢化を見据えて、一九八〇年代に立ち上げたものだ。病院だけではなく、高齢者のケア施設を充実させたい、というのは、善之がまだ現役で働いていたころからの願いだった。病気が治癒しただけでは人生の不安は払拭できない、といって、患者の老後を気にかけていた。

その思いを汲んで、梧朗が弟の禄朗の協力を得て具体化していった施設なのだ。医療、介護福祉、教育を三本柱として事業を展開、特別養護老人ホーム、介護老人保健施設、ケアハウス、など高齢者に対応した施設のほか、障害者支援施設、訪問介護ステーション、認定こども園、保育所といった子育て支援施設、医療福祉専門学校まで網羅している。

梧朗は施設の運営だけではなく、生活困窮者の相談にも乗るし、手があいていれば、生活保護の受給申請書の書き方を教え、ときには役所へも同行する。

一方の次朗は、垣内病院以外の社会を知らず、世間を知らず、経営を学ばず、学ぼうともせずに理事長に就任したのだ。夫婦でやっている小さな商店で、妻の目を盗んでレジからその日の売り上げをつかんで夜な夜な飲み屋に通う旦那と変わらなかった。そんな人間を、四千人を束ねる組織の長にした自分たち家族にも、大きな責任があることはいうまでもない。

海辺の町の中心部に建つ垣内総合病院のタワー棟。多くの人はここにあって当たり前の建物として見上げているが、ある日突然、出現したものではない。医の理想を追求する夫の善之を、妻の藍子が支えて、長い年月をかけて築き上げてきたものだ。そして、信頼の証として、病人やけが人を受け入れている。

この信頼の塔の内部で、これほど醜い権力と金の闘争が繰り広げられているとは誰も想像しないだろう。

垣内病院の「六・一五」は騒動なのか、闘争なのか。世間は単なるお家騒動とみるかもしれないが、これはわたしの闘争なのだと、藍子は自分にいいきかせた。武器なき戦い、わが子を相手の悲闘なのだ。

闘争、コロナ禍、猛暑などさまざまなことがあったその年の夏、藍子は自宅で転倒した。居間のドアを開けたとき電話が鳴ったので、急いで足がもつれた。子どもたちから回遊魚とからかわれるほど、つねに何かに急かされているかのように動き回る藍子だ。胸に激痛が走った。家政婦を呼ぼうとするのだが、声にならない。このまま意識を失い、息絶えていくのだろうか、と薄れゆく意識の中で考えていたとき、家政婦が見つけて、緑朗に連絡をつけてくれた。

幸いなことに左上腕と左右の肋骨二本の骨折だけですんだが、一か月の入院とリハビリが続いた。

骨折そのものもひどい痛みだったが、リハビリもつらい。苦しみが続いたある夜、藍子は、息苦しさのなかで恐ろしい夢を見て、飛び起きた。唐突に、スペインのプラド美術館にあるというゴヤの絵画「我が子を食らうサトゥルヌス」が夢に出てきたのだ。そのおぞましさに身震いした。

それは、ローマ神話に登場するサトゥルヌスが、将来、自分の子に殺されるという予言に恐れを抱き、五人の子を次々に呑み込んでいったという伝承をモチーフにした絵だ。初めてこの絵を知ったとき、いまわしさに吐き気を感じた絵だ。それがなぜいまごろ夢に出てきたのだろうか。

藍子も五人の子を持つ母だ。他人からは、五人の男の子を授かって、これほどの果報者はいない、といわれ続けてきた。しかもそのうち四人までが医師になり、家業を継いだ。こんな幸せな母はいない、と自分でも疑わなかった。

サトゥルヌスは、自己の破滅に対する恐怖から狂気に取り憑かれ、わが子を喰い殺す凶行に走ったという。藍子は自分が破滅しようと一向にかまわないと思った。老い先は短いのだ。しかし、自分の築き上げた病院が破滅するのは、許せなかった。その恐怖が自分をサトゥルヌスにしたのだろうか。それとも自分の精神はすでに妄想に、狂気に走っているのだろうか。

垣内総合病院は、一私立病院だが、社会立病院だと藍子はつねづねいってきた。社会に建てて育ててもらって、自分たち垣内の人間はたまたま運営の手伝いをしてきたのに過ぎないのだと思ってきた。だから、ここまで発展してきたのだ、と。

自分はその平穏な未来を破壊しようとする長男、二男、そして二男の子どもたち、つまり孫を、サトゥルヌスとなって食い殺すのでは、という恐怖に襲われたのだ。年のせいだろうか、幻聴もある。誰の声かわからない。でも、低く太い男の声がささやく。

「おまえさんねえ、長く生きすぎたんだよ。だから、見なくていいことも、知らなくていいことも知ってしまった。もっと早く死んでいたら、こんな苦しみにも遭わなかったのになあ。なんの因果かねえ」

藍子の耳にはそう聞こえる。

「ほんとうにそうです」

幻聴に相づちを打ちそうになって、「いいえ」とすぐに否定する。

「長生きして、苦しんで、苦しんで。でもね、これでよかったと思うんです。だって、この騒動を知らずに死んでいたら、わが子の醜陋を知ることもなかったでしょう。きれいごとだけで終わっていた。それじゃ、すまないわ。世間様に詫びる機会もなかったわ。せめて、母としてすまないと詫び続けて、わたくしは生きるしかないんですもの」

幻聴と対話する自分を、冷ややかに見ている自分もいた。

——崩壊していくガバナンス——

コロナの自粛も続いて、必然的に藍子は自宅の居間で過ごす時間が多くなって、いつもより新聞や雑誌に目を通す時間が増えた。当然ながら医療に関する記事に目が留まる。

わたしだけがこんなに苦しい思いをしているのだろうか、そんな思いが強く、また、苦しいのは自分だけじゃないんだと慰めたい心理がそうさせるのか、医療者の不祥事や経営危機のニュースがことさら目についた。これまでにもいくらでもあった出来事をコロナ禍があからさまにしたのかもしれないと思いつつ、記事を追った。

都内で心臓病を専門とする医療法人の倒産不祥事は、わが垣内メディカルグループのことを仮名で告発しているのでは、と思った。名医とうたわれる心臓外科医が在籍する有名病院でありながら、四〇億円を超える負債をかかえて民事再生法の適用申請をしたというその法人は、数年前から債務超過に陥っていたが、その背景には理事長夫人が法人の資金を私的流用していた疑惑があるという。理事長夫人が海外有名ブランドの購入や海外旅行などの豪遊に、多額の金をつぎ込んでいた、と記事にはあった。

多額の浪費をしてきたのが、理事長夫人か理事長本人かの違いだけだ。

次朗が医師としての職責を放棄して、自分の興味のままに実業家への転身をはかり、私利私欲に走り、負債を重ねていく図と同じだと、藍子は思った。

この理事長夫人は背任容疑で告訴されたという続報があった。次朗も同罪ではないのか、と思うのであった。

脳外科に定評ある、ある医療グループは不動産の運営の失敗から、多額の負債をかかえ、しかも創業者である高齢の医師に後継者はなく、同時に多額の報酬を得るその医師の独裁体制にまかせるままで、ついに破綻したとあった。

この事例もまた垣内の現体制に重なった。

そんな記事の間に、「組織としてのガバナンスがまともに機能している医療法人のほうが少ない」という一言があった。ひるがえっていまの垣内総合病院を見つめれば、藍子はまったくその通りです、というしかなかった。そして、このまともではないガバナンスの下、優秀な医療人が去り、病院は信頼を失って、傾いていくのだということは、経営の素人にもわかった。

医療人の姿勢を問われるニュースも多かった。北海道内の国立医科大学での、学長とその附属病院の院長の対立には、胸が痛んだ。新型コロナウイルスのクラスターが発生した近隣の病院に対して、同医大の学長が、その病院があるということ自体が、コロナをまき散らしている旨の発言をし、さらに、近隣病院のコロナ患者を受け入れるべきでは、と申し出た院長に対して学長は拒否。加えて院長を解任したという。

その間にも周辺地域の感染患者は増え続けて、結局、医大は軽症者の受け入れに踏み切った。さらには自衛隊の看護官も入らざるを得ない緊迫した事態を招いている。

また汚職事件などの不祥事が相次いだ近畿地方の国立大学病院では、不祥事を受け麻酔科の医師が一斉に退職し、その背景にパワーハラスメントもあったことが報道された。

一連の不祥事の始まりは、臨床麻酔部のナンバー2といわれる医師が、カルテを改ざんして不正請求を行っていたことが発覚し、逮捕・起訴されたことだった。続いて臨床麻酔部のトップだった医師とナンバー3の医師が業者から賄賂を受け取っていたとして逮捕・起訴される。

この事件を受けて、同部署を新たに率いる立場になった医師が、部下の麻酔科医たちに対して、大学を倒そうとしている人たちがいる旨の発言をし、「いま病院を辞めたら、共犯者とみられてもしょうがない」などと圧力をかけたというのだ。このような上司のいる病院では働けない、と恐怖を感じて、同部署の医師が一斉に退職し、一八人から四人に激減したのだという。

国立大学の病院だから、倒産などということはないだろうが、もし垣内病院だったら、と藍子は想像した。確実に倒産につながるのではないか。同病院の退職者の中には、新型コロナウイルスの重症者などに使う人工心肺装置・ECMOを扱うことができる医師も含まれていて、地域医療にも深刻な影響を与えていると、記事は結んであった。

ある医大は、「感染等を理由に休業することはいわば民法上の『債務不履行』に当たると解釈されます。よって、この場合には、休業期間中には給与を支給しないことが妥当である」というメッセージを職員に送ったとあった。自らも感染の恐怖と向き合いながら、ただでさえ過酷なコロナ対応にあたっているスタッフに対して、そのいい方はないでしょう、と藍子はひどく腹をたてた。

スタッフあっての病院と、つねづねいっていた亡き夫の口癖がいまさらながら思い出されて、涙が浮かんできた。どのニュースも医療人の倫理、上に立つものの矜持がどこかへ消えてしまっている。昔はよかったなどという気は毛頭ないが、六〇年以上前の自分たち夫婦の理想の炎を思い浮かべながら、文字通り「医の崩壊」を見た気がした。


そんな苦悩の中で、明るい話がなかったわけではない。看護大学を出てから、アメリカの大学でさらに看護学を学んでいる緑朗の娘である孫の瑠璃《るり》と、オンラインで話せたことだ。瑠璃は、祖母の苦悩を知っているかどうか見当もつかないが、

「おばあちゃま、九二歳のお誕生日おめでとうございます。今のわたしにはなんにもして差し上げられことはないし、お贈りするものもないので、考えた末に、わたしの尊敬するマザー・テレサの言葉を贈ります。聞いてください」

そう前置きして、マザー・テレサの言葉を朗読してくれた。

――人はしばしば不合理で、非論理的で、自己中心的です。それでも許しなさい。

――歳月を費やしてつくりあげたものが、一晩で壊されてしまうことになるかもしれません。それでもつくり続けなさい。

――心を穏やかにして幸福を見つけると、妬まれるかもしれません。それでも幸福でいなさい。

太平洋を越えて聞こえてくる屈託のない孫の声に、マザー・テレサの言葉に、藍子は涙を流れるままにした。

同じ日の夜、梧朗が中心となって立ち上げたコロナ対応医療圏構想が、地域の医療を健全に機能させていることがメディアで取り上げられ、そして、このシステムが医療ジャーナリズムから評価されたことが合わせて報じられた。新型コロナウイルスの感染拡大が拡大していた中国・武漢からの帰国者への対応、およびクルーズ船の乗客への対応などから得た教訓から、感染拡大への対応を先取りして構築したものだ。

二〇二〇年の秋、新型コロナウイルスの感染が拡大していくにつれて、全国的な医療の崩壊が危惧されるようになった。感染者を受け入れる病院では、必然的にベッドも医療人材も、そのほとんどを感染者のためにとられて、救急の受け入れができない、がんなど重篤患者の手術ができない、感染を恐れるゆえの診療控えなど、さまざまな問題があきらかになった。ただでさえ慢性的な赤字が膨らんでいた病院の倒産がふえ、倒産まではいかなくても苦境に立たされることは十分に予想できた。

コロナ発生にさかのぼる一年半も前に、厚労省は高齢化が進む社会を見据えて、全国の公立・公的病院の再編統合を打ち出した。対象になった病院は、公立・公的病院のほぼ三〇パーセントになったが、そこには多くの病院が赤字をかかえ、自治体からの補填でなんとか支えられているという現状があった。

高齢化がさらに進み、人口減少で税収が減ったら、当然、病院はたちゆかなくなる。そこへコロナ禍で、公立・公的病院、民間病院を問わず、病院の崩壊、医療の崩壊は、現実味をました。

垣内総合病院が建つ海辺の町を含めた近隣地域も例外ではなかった。そもそもこの医療圏は平成一七年時点で、人口減少率が五パーセントを超え、六五歳以上の高齢化率は四〇パーセントを超えていた。十二万人から一三万人の間で上下している人口が、二五年後の二〇四五年には約八万人まで減少するのでは試算されている。

こんな状況はここだけのことではなく、いまや日本中が同じような危機に直面しているのだろうが、当然のことに医療資源も決して十分ではない。

そんな土地で感染が拡大すれば、いまにも国立の療養所も含めて、地域の医療が崩壊すると見た梧朗は、地域の医療地図を検討、再編にとりかかったのだ。そこには、東日本大震災の折、全国から医療人が被災地にかけつけて、協力しあって医療に当たった教訓も生かされていた。

この中軸となったのが、梧朗が理事長を務める社会福祉法人陽光会だった。さまざまな医療機関が競合したり、戦うのではなく、地域の共有資源と位置づけ、同時に保健所、消防、行政をひっくるめて役割分担と連携を行い、地域全体でひとつの医療提供システムを構築したのだ。

たとえば、高齢者のリハビリに特化していたA病院を、重症患者専門として、陰圧室をはじめ、重症者に対応する機能を強化する。A病院の入院患者はリハビリ機器や人材の整ったB病院に転院してもらい、C病院、D病院は中等症患者専門に受け入れ、重症化を防ぎ治療する。E病院は陽性ではあるが、無症状や症状の軽微な患者の療養の場所とする。そして、医師、看護師は、病院の垣根を越えて、自在に必要とする病院へ支援に入る。

このすみわけによって、圏内では救急もそれまで通り、重篤な患者の手術も、また人工透析や外来もそれまで通りに行われて、結果として感染自体も抑えられ、自宅療養中に急変して死に至るというケースも避けられて、地域の医療崩壊は免れた。

このシステムは、当初は感染者数が少なかったので、効果や価値はあまり認識されなかった。しかし、秋からの急激な感染拡大により、この地域も医療崩壊しかねない状況となった。首都圏の医療崩壊が現実のこととなり、同じ関東ゆえ、大きな不安が襲った。そんななか、この連携システムは、大きな安心をもたらした。

続いて、ワクチン接種が開始されるが、それをいかにスムーズに安全に素早く行えるかが、感染収束への鍵として、医療・介護関係者や行政のみならず、市民全員との相互理解と協力関係を築く、このシステムが大きな存在感をしめすのだ。

この体制を整えた梧朗の発想と実行力、それを支えた禄朗と垣内グループや圏内の幹部たちの功績を、藍子はひとりささやかに讃えたが、同時に、この梧朗を院長から追放してしまって、次朗親子は平然としていられるのだろうかと思うのだった。

事実、梧朗はこの作業のために奔走していたから、院長交代を目論む六・一五の社員総会や理事会の多数派工作などできるわけもなかった。そのすきに、まんまと太朗、次朗兄弟にやられたのである。

こうした力量のない次朗のような人間が、組織の頂点に立っていいのか、と嘆かずにはいられなくなるのが、せつなかった。

実際に、垣内病院の幹部医師が、ひとりふたりと病院を去っている。次朗親子の下で、これまで通りの医療を追求していくことはできない、という理由で。退職といえば体裁はいいが、実際は伏魔殿から逃げ出しているのだ。

経営がたちゆかなくなった病院を、他の病院が合併したり、医療とはまったく縁もゆかりもなかった企業が買収する、いわゆるM＆Aの記事も、他人事には思えずに読んだ。

M＆Aによって創業者の手を離れていくのは、ほぼガバナンス不足が大きな要因になっているという。ガバナンスが不足し、安定感を欠いた病院は、自分たちが考える以上に、投資会社や金融機関の注目を集めるのだ。そこにすかさず、経営の機会をねらって、食指を伸ばしているというのだ。次朗なら、そんな企業に垣内総合病院を売り払うんじゃないだろうか。

それでも病院が存続するならいい。つねひごろ口にしているように社会立として、地域の人たちの医療や福祉に貢献できるのなら、亡き夫の善之も草葉の陰で恨みはすまい。

しかし、自分だけは大金を手に入れて、あとは知らぬといったら……。考えるだけで戦慄が走る。次朗ならやりかねないし、老いた自分にはもうそれを止める力もない。むなしさに包まれた。

病院の経営は、質への配慮を置き去りにしてビジョン先行であってはならない。利潤の追求が優先されてはならない。医療という人の命を預かる仕事は、リスクを限りなくゼロに近づける努力が必要なのはいうまでもない。

梧朗は、法人の三本柱に、「医療」「福祉・介護」「教育」を据えたが、垣内の医療者育成の歴史は古く、医療法人湛蕉会の名にある湛焦館は、オランダ医学を学んだ垣内六代目が、後輩の教育のために設けた私塾からである。時代はくだって善之は看護婦の育成に乗り出し、准看護婦学校を手始めに、高等看護学院、看護専門学校を設置した。これらの学校が発展し、垣内医療技術専門学校へ、さらに垣内医療大学へと発展を遂げた。

緑朗は三〇代で看護専門学校校長に就任して以来、垣内の教育部門を担ってきた。現在は垣内医療大学の理事長として、医療人の育成に携わっている。

大学の設立には資金面で、自己資金で設立することが文科省の認可基準になっている。金融機関からの借り入れは認められていないのだ。一五〇億円とも三〇〇億円ともいわれる設立資金は、負債性のない自己資金が必要なのだ。

それこそ一私立病院が、どうやってそんな巨額な資金が調達できたのか。

それは、ある篤志家の寄付があってのことだった。

まだベンチャー企業などという言葉も一般的ではなかった当時、とあるＩＴ事業の企業家が、垣内の意思に賛同して、巨額の寄付を申し出てくれたのだ。一代でその企業を築いた創業家夫妻が、私財を文字通り投げ打って、支援してくれたのだ。

その行為に報いるために、インフルエンザの季節になれば、緑朗はみずからその会社の社員に予防接種を打つ。

入学式、卒業式、インフルエンザの季節、折にふれて藍子は、深い感謝の思いを新たにする。同時に、他人でさえ、こんな厚情を寄せてくれ、信頼関係を築いてきたのに、ふたりの息子、長男と二男はただ惜しみなく、家から、病院から、信頼も医療人の精神も財力もすべて奪っていく、と口惜しさに奥歯をかみしめる。

梧朗の追放に続いて、次朗は功労者ともいうべきベテランの医療部長たちを、ひとり、またひとりと、追放しだした。自分に意見する医師たちは気に入らない、という子どもじみた考えで。その息子である善太郎院長は、父のすることをただ黙って見ている。

――ベトナムから来た看護師の笑顔――

藍子のリハビリはいまも続いている。

リハビリ担当の看護師の中に、日本語がたどたどしい娘がいた。そのたどたどしさを満面の笑みで補っていた。海外からの研修生なのだろう。

「あなたはどちらのお国からいらしたの」

藍子が問うと、

「ベトナムです。ハノイから来ました」

と、胸の名札を指差した。「グェン」とあった。

「グェンさん、よくぞこの海辺の町へ来てくださったわね。ありがとう。ところで、お仕事はいかが」

「日本語むずかしい。仕事もむずかしい。でも、勉強になります。がんばってます、楽しいから」

と、はにかんだ。

この娘は、藍子が何者であるかおそらく知らない。その他大勢の年老いた患者のひとりにすぎないだろう。しかし、温かな笑顔で接し、藍子が「もうだめ。これ以上できないわ。年だから無理なのよ」などと弱音を吐こうとすると、真剣に叱ってくれる。

「アイコさん、自分で限界を決めちゃだめ。私、日本で、この言葉を覚えたんです。もう一歩だけ遠くへ行ってみましょう。わたしがついてるからね。はい、がんばるっ」

藍子は目頭が熱くなった。わたしが学校を作って育てた看護師たちが、いまは国境を越えてやってきた娘たちを、こんなに頼もしい看護師に育て、垣内の命のバトンをつないでいるのだ、と。そう思うと希望の光を見出した気がした。

「わたしのやってきた仕事は、間違っていなかった」

藍子は、自分にいいきかせた。

緑朗は今年もまた三月上旬、看護学生を引率して、看護師国家試験の受験に上京するという。かつて藍子が引率していた仕事だ。ただ、時代は変わって、人数も増えたので、あの当時宿泊したホテルから、今ではビジネスホテルに代わった。

「よくある安価なビジネスホテルですよ。でも、一〇〇パーセントの合格はまちがいありません」

と、緑朗は藍子に向かって胸を張った。中にはやはりアジア各地から来た少女たちも含まれている。

そういえば、梧朗はもう二〇年も前からいっていた。「ぼくはこの病院を、次の世代に譲ったら、ユニセフに行こうと思ってます。国境なき医師団もいいですね」。そのたびに藍子は、「こんな年老いた母親を置いて、海外に行くなんて、冷たいのね」とすねてみせる。すると、「おかあさまが生きているうちはいきません」と安心させてくれる。梧朗は母を置いていかない代わりに、ここ垣内を海外にも大きく開かれた病院として、多くの外国人医師や看護師、その他さまざまな研修医を迎え入れてきた。

「海辺の町でも、日本でもない。世界は一つです。この地球上から、病気や飢餓で苦しむ人を、ひとりでもいいから、ぼくは救いたいんです」

梧朗がいう。藍子に異存はない。

だから、晴れて退院したとき、遺言書をしたためた。次世代の医療人を育てる垣内傘下の医療学校に全財産を寄贈する、と。公正証書にしたとき、ずっと胸の底につかえていた重しがとれて、少し明るい気持ちになった。多額な負債をかかえ、加えてばかげた人事とガバナンス放棄で、この病院はやがて雲散霧消するだろう。でも、医療人を育てる学校は、きっと存続するはずだ、藍子はそう確信して希望をつないだ。

九州にいる四男・史郎夫婦から、手紙が届いた。

「おかあさま、お元気のことと存じます。玄関の芭蕉も元気ですよね」

「お元気じゃないわよ、元気なわけないでしょ」と呟いてから、芭蕉も元気というひとことに、少し救われた。

「海辺の町でもめったに見ることがなかった雪ですが、今冬は当地でもよく雪が降りました。一連の気候変動のせいでしょうか、お母さまの体調も案じられます」

続いて、近況が綴られていた。

「娘の愛子が県の陶芸展で新人賞一席に選ばれました。いまさら新人賞とはいいさ
さかトウの立った新人ですが、母娘二代にわたる賞です。陶芸作家への登竜門です。
ありがたいです。弟の善純は研修医を終え、中村哲先生のような医師になりたいと、
ただいま海外に向けて旅立つ準備をしています」

とあった。

はて、中村医師とは、と考えて、藍子は「ああ、あの方だ」とすぐに思い至った。
脳神経内科を専門とする医師として、パキスタンやアフガニスタンで医療活動に従
事し、さらには約一〇万人の農民が暮らしていける基盤として、長大な用水路まで
私費と労力を投じて築いた人物だ。アフガニスタの名誉市民賞権を与えられながら、
同国内で凶弾に倒れた。

この九州出身の英雄にならって、わたしの孫のひとりが生きようとしている。藍
子は手紙を胸にたたんだ。

高層病棟のテラスから見る海辺の景色がまぶしかった。

●著者プロフィール

由井りょう子（ユイ リョウコ）

1947年長野県生まれ。
大学在学中から雑誌記者として活動。
現在は、医療や介護関係、ノンフィクションなどの執筆を手がける。
「ぼくは満員電車で原爆を浴びた」小学館
「黄色い虫船山馨と妻の壮絶な人生」小学館
「石巻赤十字病院の100日間」小学館文庫
「重信房子がいた時代」情況新書

内紛 巨大病院の一族

二〇二一年一〇月二〇日　初版第1刷発行

著者　由井りょう子
発行者　二木啓孝
発行　世界書院
〒一〇一-〇〇五二 東京都千代田区神田小川町三-一〇-四五
駿台中根ビル五階
電話　〇三-二〇-〇二九-九三六

印刷・製本・組版　精文堂印刷

ISBN 978-4-7927-9587-0